「……っ、う……ん、っ……！」
体内でうごめく熱いものは、それぞれが違うところを擦りあげる。
同時に背を、そして口腔をぐちゃぐちゃと犯されて、
体の奥を突き抜ける衝撃を感じた。

金狼皇帝の腕《かいな》で、偽花嫁は

雛宮さゆら

AZ BUNKO
イースト・プレス

CONTENTS

illustration 虎井シグマ

金狼皇帝の腕《かいな》で、偽花嫁は

序章　偽りの花嫁

翡翠《ひすい》の釵《かんざし》、鼈甲《べっこう》の挿し櫛《ぐし》。真珠の珥璫《みみかざり》。椿《つばき》の油で花のような形に結いあげられた黒髪から、さらさらと音のする水晶の飾り珠がいくつもいくつも垂れている。

世の女性は、日々このような重みと煩わしさに耐えているのか。そう思うと翔泉《しょうせん》は感心するばかりだけど、今日からは自分も毎日この身なりを我慢しなければならないのだ。こめかみからひと筋汗が垂れるのは、なにも今日が夏の暑い日だからというゆえばかりではないだろう。

桃色で牡丹《ぼたん》を縫い取った深紅の襦《じゅ》に、縁を青で飾った萌黄《もえぎ》の上衣。帯は白でやはり牡丹の模様が細かく描いてあり、裙子《くんず》は白から襦と同じ深紅へと色を変えていく艶《なま》めかしい織りだ。

沓靴《くつ》は白地に、こちらは真っ赤な糸で牡丹が縫い取ってある。底は厚く、歩くたびにかつかつと音がする。この底の高い沓靴も、また翔泉を感心させた。

これを履いて歩きまわるなど、どれだけ足に負担がかかるのか。もっとも後宮の妃たちは、自分で歩きまわったりしないのだろうけれど。今まで底の平らな軽い沓靴で市の路を走りまわっていた翔泉には、この沓靴に拘束されていることがなによりも耐えがたいことに感じた。

「張《ちょう》夫人。こちらに」

男か女かわからない、皺《しわ》だらけの太った老人が名を呼んだ。翔泉は蒼《あお》い瞳《ひとみ》を見開き、びくりと背を正す。

「皇帝陛下が、お会いになる。立ち振る舞いには特別に、注意すること」

「は、い……」

その声も、男か女か区別がつかない。宦官《かんがん》、という存在を思い出した。男でありながら男の徴《しるし》を切り落とし、男でも女でもないものになる。後宮に仕える者たちは、仮にも皇帝の妃たちを前に間違いなど起こらないように、そのような体にされるのだ。

その代わりに、幾多の妃たちが皇帝の閨《ねや》に侍《はべ》るべく宦官へ渡す賄賂《まいない》は膨大で、それを貯め込みそこらの役人など比べものにならないくらいの財をなしている者も少なくないという。目の前の老人も、そのような者なのだろうか。ぶくぶくと太った体は、きっと朝夕の飽食を欠かさないからだろうと思われた。

宦官は、翔泉を先導した。かつ、かつ、と沓靴の音を立て、裙子の裾《すそ》を引きずりながら歩く。頭や耳の飾りがしゃらしゃらと音色を刻み、その重みも手伝って翔泉の歩みはどうしても遅くなってしまった。しかし宦官は、そのようなことに慣れているのだろう。特に苛立《いらだ》ちも見せず、翔泉の歩みを待っている。

できるだけ歩を速めて、宦官についていく。いくつもの門をくぐり、長い廊を延々と歩き、慣れない装いと沓靴に耐えがたくなったとき。

目の前にそびえる、紫檀《したん》の大きな扉に気がついた。見あげるほどの大きさだ。鋭い目をした龍《りゅう》と、鳳凰《ほうおう》が絡み合っている図が彫ってある。

龍は、皇帝。鳳凰は皇后。現罧国《しんこく》皇帝にはまだ定まった皇后はいないが、この先に入ることを許されるということは、翔泉も鳳凰になる資格があるということだ。

「こちらが、龍房になる。軽々しく、思わぬように」

重みのある声で、宦官が言った。翔泉はごくりと息を呑《の》む。龍房——皇帝の住まい。この罧国、王都である啓城《けいじょう》、すべてが皇帝の支配下にあるわけだけれど、その中心にある紅禁堂《こうきんどう》の奥にあるこの龍房は、皇帝の私室だ。

そこに入ることのできる者は限られており、このたび翔泉が身を飾り香の薫りとともに向かっているのは、皇帝の妃のひとりになるからにほかならない。

「決して、礼を損なわないように」

宦官は、重ねて言った。

「畏《おそ》れ多くも、龍顔を拝するのだ。おまえのような瑾《きん》族の娘が正一品《しょういっぴん》、夫人の位を賜り、皇上のお顔を見るなど。前世でよほどの善行を積んだに違いないな」

その言葉には明らかな皮肉が込められていた。皺と脂肪に埋もれてしまっているが、そのつりあがった目と、口を開くと見える牙《きば》からしてこの宦官は燁《よう》族で、翔泉の属する瑾族とは昔からしばしばの水源争いゆえに対立している。それもあって、この当て擦《こす》るようなもの言いなのだろう。

ましてや、翔泉のような瑾族の『娘』が、直接皇帝の顔を見るなど起こりえないのだ。翔泉が瑾族から差し出される女で、いわば瑾族を代表して夫人の位を賜る者でなければ、龍と鳳凰の絡み合った図柄が彫り込まれた扉を通ることなどありえなかった。

「くれぐれも、失礼のないように。教えたとおりに、皇上にお答えすればいい」

宦官口調はなおも面当てがましかったが、翔泉は素直にうなずいた。このようなところで言い争っても仕方がないし、宦官の機嫌を損ねて困るのは翔泉のほうなのだ。

身動きをすると、しゃらり、と飾り珠が揺れる。扉を入るとそこはしんと静まりかえっていて、微《かす》かなしわぶきでさえも大きく響いてしまいそうだ。

また、板を渡してできた長い廊下を行く。慣れない沓靴で、もう限界だと翔泉が音《ね》をあげようとしたとき、また扉があった。それは先ほどのものよりも大きく見あげるほどで、そして五爪《ごそう》の龍が彫り込まれている。ここに鳳凰の図はない。翔泉は、低く息を呑んだ。

その両脇《わき》には、翔泉の倍は身長と横幅があろうかというような大男がふたり立っている。羽林軍《うりんぐん》の侍衛たちだろう。手には、ひと撫《な》でするだけで翔泉の首など飛んでしまうような鋭い青龍刀《せいりゅうとう》を握っている。

「皇上にお目通りを。奴才《やつがれ》、張夫人をお連れいたしましてございます」

兵士たちは宦官を、そして翔泉をじろりと見た。よもや、自分が男であることがばれたのでは――翔泉はびくりとし、しかし彼らはなにも言わずに扉に手をかけた。

「皇上。張夫人がお見えでございます」

「入れ」

低い声で、返事があった。翔泉の緊張は、頂点に達する。ただでさえ慣れない沓靴で転びそうになりながら、案内の宦官に従って房の中に入っていく。

翔泉は、顔をあげられなかった。子供のころから常に女の子と間違われ、このたびは飾りものから化粧まで、隙《すき》なく女に見えるように施されている。

それが成功している証《あかし》に、案内の宦官は翔泉が実は男であるなどということには気づいてもいないようだ。

後宮の女に従う宦官を騙《だま》しおおせているのだ、翔泉の女装は完璧《かんぺき》だろう——しかし、宦官などよりも何倍も鋭い目を持つであろう、聖なる龍——皇帝の目を、誤魔化《ごまか》せるのか。

閨に入る前に逃げ出す算段を何度も画策してきたとはいえ、実際この場に立つことには、今までの人生でもっとも苦しい緊張を強いられた。

「奴才、皇上に申しあげます」

翔泉に対していた横柄な態度などどこへやら、宦官は床に頭を擦りつけて叩頭《こうとう》した。翔泉も続き、三跪《さんき》九叩頭の礼を取る。

「このほど後宮に入りました、瑾族の張家の娘……張翔香《しょうこう》夫人をお連れいたしましてございます」

張翔香。ひくり、と翔泉は紅を塗った口もとを引きつらせる。頭を下げたまま、水晶の飾りがしゃらしゃらと鳴っている今の体勢では皇帝の顔は見えないけれど、彼は翔泉をじっと見つめていることだろう。

そう思うと、指先にまで緊張が走る。ゆっくりと息を吸い、吐き、できるだけ平常心を保とうとする。それでも歯がかちかちと鳴ってしまうのは止められなかった。

「翔香、となし」

低い声が、そう言った。やや掠《かす》れた、腹に響く体中の神経を撫であげるような声だ。迫力のあるその声音は、確かに龍の化身たる皇帝にふさわしい。

「男やら女やら、わからぬ名だな」

どきり、と翔泉の胸が鳴る。早々に見抜かれてしまったかと冷や汗が流れる。

「予の昔馴染《なじ》みにも、翔香という者がいたが。今は夫に従って、鄙《ひな》にあるらしい」

翔香とは、翔泉の妹の名である。皇帝の馴染みに同じ名の者がいたとなれば、皇帝は『翔香』の名をそうそうに忘れはしないだろう。皇帝の印象に残ってしまっては、困る。妹が見つかって入れ替わりが成功するまで、翔泉はひっそりと目立たないように過ごすつもりなのだから。

「よい、翔香。面をあげよ」

ごくり、と固唾《かたず》を呑み、ゆっくりと翔泉は顔をあげた。目の前には、金銀で飾られた大きな玉座。そして三人の男たちがいた。

「……あ」

ひとりは中央で、玉座に腰かけている。黒と金の混ざった艶《つや》やかな髪は長く、後ろで結わえてある。こちらを見つめる金色の眼は鋭く輝いていて、視線は翔泉をその場に縫いつけてしまうかのようだ。

黒と金の混ざった、長い髪。浅黒い肌。金色の、鋭くつりあがった瞳。とおった鼻筋に艶めいた肉厚の唇。顎《あご》はがっしりと彼の男くささを表していて、たとえれば銀の鎧《よろい》と鍛えられた黒馬の似合う、うつくしき美丈夫だった。

そしてなによりも、翔泉の目を惹《ひ》いたもの。皇帝の耳は、頭の上についていた。髪と同じ黒と金の混ざった毛並みの、狼《おおかみ》のような耳。座っている倚子《いす》からも、長く豊かな、太い尾が見えている。

彼が、この罘国を支配する金狼《きんろう》族のひとりであり、その中でも特に力強くうつくしい者であることは考えるまでもなく、わかった。

彼は、鮮やかな紅の朝服《ちょうふく》をまとっていた。胸もとには五爪の指に珠を握った龍が刺繍《ししゅう》されている。紅は、皇帝にのみ許された色だ。

しかし彼がどのような衣装をまとっていたとしても、その身分を間違う者はいないだろう。座っているだけで、その持つ迫力を発する者。翔泉は、そのような男を初めて見た。視線が離せない。皇帝を前にしてあまりにも不作法だとは思いながらも、まばたきすらも惜しいのだ。

「皇上に、ご挨拶《あいさつ》を」

そう言ったのは、皇帝の左に立つ男だった。彼の髪は艶やかな黒一色で、長いそれはまっすぐに肩に下りている。触れてみたいほどの艶は、男にしては白いその顔によく映えた。

彼は瞳も、黒だった。まるで、磨いた黒耀石のような目。それはじっと翔泉に注がれていて、思わず翔泉は身じろぎした。彼は濃い碧《みどり》の朝服をまとっていて、胸もとには銀色の刺繍がある。九つの星が描かれていて、それが北斗九星を示しているのだと気がついた。ということは、最低でも従二品の光禄大夫《こうろくたいふ》であることが知れる。

「剣峰《けんぽう》。そのようにきついもの言いをするな。妃が怯《おび》えてしまうだろうが」

くつくつと、小さく笑いながら皇帝が言った。

剣峰と呼ばれた黒髪の男の頭にも、耳がある。なめらかそうな黒の毛の生えた、尖《とが》った耳。その下肢にはやはり黒い尾があって、手入れが行き届いた艶やかな毛並みをしている。彼も、金狼族なのだ。皇帝に近いところに立っているということは、よほどの腹心なのだろう。

「張、翔香でございます」

あまりにも圧倒的な男たちの前にあって、翔泉は倒れそうになっていた。もともとあまり声も男らしくはなく、そのうえ女が話しているように聞こえるように訓練を積んだ。蚊の泣くようなか細い声での返事は、翔泉の性別をますます不明確にしたことだろう。

「お見知りおきを……」

「ほぉ」

声をあげたのは、もうひとりの——男、だろうか。朱に金を混ぜた色味の長裙《ちょうくん》は、一見旗袍《きほう》のようにも見えるから女なのかもしれないけれど、しかし女と言い切ってしまうにはどこか違和感がある。

「囀《さえず》らせれば、なかなかによい声で啼《な》きそうですね」

声のことに言及されて、どきりとする。女を装うにおいて、一番苦労したのが声だったのだ。旗袍の人物はそのことを見抜いて、そのようなことを口にしたのだろうか。いやな予感に、翔泉の胸がどくどくと鳴る。

その人物は、金糸のような色の髪をしていた。長いそれを豊かに流し、どのような手入れをしているのか傷んでいるところなど少しも見当たらない。その人物が男か女か計りかねるのは、細身なうえに背が高いからだ。翔泉は床に手をついているけれど、それでも翔泉よりは頭ひとつは大きいだろう。

「囀らせてみましょうか、皇上」

その人物は、紅い瞳をしていた。金の髪に、紅い眼。熒族《けい》だ。罧国の中では少数民族ではあるが、このように皇帝の近くに侍っているということは、特別に高い身分に取り立てられている者に違いない。

「奴才にお任せいただければ、すぐにでも調教してみせましょうほどに」

「……！」

奴才、とは宦官の一人称だ。熒族のこの人物は、宦官なのだ。男か女かわからない理由はわかりすぎるほどわかったけれど、しかしここまで翔泉を案内してきた宦官とはあまりにも違う。美と醜、と比べてみれば、どちらがどちらであるのかは考えるまでもなく明らかだ。宦官とは太った醜い者ばかりかと思っていた翔泉は、朱色の旗袍に身を包んだ彼のあまりに美しさに圧倒されていた。

（な、んて……、かたがた……）

三種三様の、圧倒的な美を前に、翔泉は啞然《あぜん》とするしかなかった。勇猛、剛健、美麗――彼らはじっと翔泉を見つめている。

（こんなに、うつくしい……かたがたが、おられるなんて）

美女を見たことがないわけではない。美丈夫に会ったことがないわけではない。それでも、今まで会ったどんな者たちも、目の前の三人に勝る者はなかった。翔泉の持っているどのような語彙《ごい》を使っても、彼らのうつくしさを表現することなどできなかった。

「張翔香。おまえには、淑妃《しゅくひ》の位を与える。瑾族を表徴して、予に仕えよ。おまえの身ごなしひとつが、瑾族のそれであるということを忘れるな」

「……は、い……」

震える声で、翔泉は言った。震えていたせいで、女と言い張るには低すぎる声が誤魔化せただろう。そして翔泉は、自分が男だとばれるまで後宮《ここ》にいるつもりはない。

皇帝は、軽く顎を反らせた。黒髪の侍官が、声をあげる。

「来い、銀青《ぎんせい》」

はい、と明るい声がした。ぱたぱたと足音がして、現れたのは少年だった。

名前のとおり、銀色の髪をしている。その頭にはやはり銀の毛の生えた耳があって、ぱたぱたと跳ねる尾があって、彼もまた金狼族であることが知れる。

「こちらが、淑妃。おまえのお仕えする主《あるじ》だ」

「はい！」

年のころは、十歳くらいだろうか。ぴんぴんと跳ねている短い銀髪、大きな青い瞳、笑みのこぼれる唇がかわいらしい。

「淑妃さま、よろしくお願いいたします！」

銀青は、ぴょこんと頭を下げた。一緒に彼の尾も動き、翔泉は思わず笑ってしまう。

「気に入ったか？」

「え……、あ、はい……」

玉座の手置きに肘《ひじ》をつき、頬《ほお》づえをついた皇帝が言った。翔泉は慌てて彼を見やると、頭を下げた。

「後宮のような堅苦しいところ、楽しみのひとつでもないと、やっていけないだろうからな」

翔泉は、はっとして皇帝を見た。彼は金色の瞳を細めて、翔泉と銀青を見ている。皇帝ともあろう者が、妃ひとりの機嫌などを気にするとは思ってもみなかったのだ。

「ありがたい、お気遣いにございます……」

ふっ、と皇帝が笑う。彼の侍官も笑みを浮かべていて、その場の空気が和んでいることがわかる。あまりにもうつくしい者たちを前に、なによりも自分の性別を偽らなくてはいけないという緊張感の中、翔泉の心も和らいだ。

「では、下がれ」

皇帝は、淡々とした口調でそう言った。

「淑妃は、金雀《きんじゃく》宮に住まうが習わし。せいぜい、宮の主として下僕たちに舐《な》められぬようにな」

「は……」

にやり、と皇帝は笑い、ぱたぱたと手を振った。翔泉の手を、銀青が取る。

「淑妃さま、まいりましょう！　お宮にご案内いたします！」

「あ、ありがとう……」

できるだけ言葉少なに、翔泉は答える。銀青はその小さなえくぼの浮いた手で翔泉の手を引き、底の高い沓靴で翔泉は転びそうになった。

「わっ、淑妃さま！」

ふっ、と笑い声がする。それは皇帝とその侍官、そしてうつくしい宦官のもので、彼らがなにを見て笑っているのかわからないまま、翔泉は銀青に手を取られ、龍房を出ていった。

第一章　金色の宦官

いったい、どこに行ってしまったのか。

翔泉は、ため息をついた。竹細工の柵《さく》を渡した円窓の向こうには、金色の月が浮かんでいる。夜の風は昼間とは裏腹に涼しく、さらに涼を添えるように星々はきらめいていた。

澄んだ空を見あげながら、翔泉の紅を引いた唇からはまた呼気が洩《も》れた。

「淑妃さま、お茶をお持ちしました」

銀青の、元気な声が聞こえてきた。翔泉は彼を振り返る。しゃらり、と珊瑚《さんご》珠を連ねてできた髪飾りが揺れた。

「その、淑妃さま、というのはやめて」

小さな声で、翔泉は言った。

「翔香でいいと、言っているのに」

「でも、ほかのお宮のお妃さまがたは、皆そのように呼ばれておいでです。淑妃さまだけお名前で呼ぶなんて」

いつものとおり、張りのある声で銀青は言う。涼しげな竹の模様を描いた蓋碗《がいわん》を受け取り、蓋《ふた》をずらすと白牡丹の香りが立った。

「どうしても、慣れないのだもの。そもそも……正一品なんて分不相応なのよ」

「でも、淑妃さまは淑妃さまです」

ぷぅ、と頬を膨らませて銀青は言った。

「どうして、なんでもおひとりでやってしまわれるんですか？　お召し替えもお寝間のお支度も、僕の仕事なのに」

「……そういうのに、慣れてないの」

着替えの手伝いなどされては大変だ。胸には詰めものをして、腰はできるだけ細く見えるように縛りあげて。淑妃として後宮に足を踏み入れてから、七曜の巡りが過ぎた。精神的にも身体的にも、翔泉は限界だ。

（まだなのかな……早く見つかって、入れ替わってもらわないと）

後宮に、女官は多い。直接目どおりをしたとはいえ、皇帝の訪れはない。あのとき皇帝はそれほど翔泉に興味を示したようではなかったけれど、今夜にでも現れてもおかしくはないのだ。閨においては、性別を隠すことなど不可能だ。

（早く……、翔香）

翔香とは、翔泉の妹の名だ。瑾族を代表して、後宮に入るのは翔香のはずだった。しかし彼女は入宮の前夜に姿を消してしまった。妃が逃げたとなれば、少数民族の瑾族に与えられる懲罰はどのようなものになるかしれない。急遽《きゅうきょ》、彼女の代わりになったのが、瓜《うり》ふたつだと言われる兄の翔泉だったのだ。

（いったい、どこに行っちゃったんだよ……！）

「あ、ちっ！」

胸のうち、翔香に恨み言を述べながら茶を飲んでいたせいだ。手がすべって碗を落としてしまい、熱い茶が胸にかかった。

「わぁっ、淑妃さま！」

銀青が飛んでくる。夏のことで、衣は薄い。茶はぱっと胸に広がり、あまりの熱さに翔泉は飛びあがった。

「大丈夫ですか！」

素早くその手に布巾《ふきん》を持って、銀青が飛んでくる。ぐいぐいと胸もとを拭《ふ》かれ、その勢いで翔泉は倚子ごと後ろに転がってしまう。がたんと派手に大きな音がして、翔泉は銀青にのしかかられる格好になった。

「ぎ、銀青っ！」

とっさに銀青を押しのけようとした。しかし職務に忠実な銀青は翔泉の胸をごしごしと拭き――そのときの銀青の驚きを思うと、あまりある。

「……淑妃、さま……？」

彼の手が止まった。もっともだ。乳房が横にずれ、腋《わき》のほうにすべって落ちたのだ。銀青が拭《ぬぐ》っているのは、膨らみのない真っ平らな胸。彼は、手を止めた。

「あ、の……？」

「……あ、……」

房に、沈黙が流れる。銀青に押し倒されたような格好のまま、抵抗もできずに翔泉は彼を見あげている。銀青の、青い瞳がこぼれ落ちそうなくらいに見開かれた。

「お、とこ……？」

信じられない、と銀青が惚《ほう》けたような声で言う。肯定するわけにもいかず、さりとて否定しても無駄だ。翔泉はただ銀青を見あげ、銀青の目が本当に転がり落ちないかと妙な心配をした。

「どう、して……？」

「いや……、あの」

口ごもる翔泉の耳に、かつかつと音が聞こえた。はっとそちらを見る。先ほど空を眺めていた窓とは逆の、宮の表口だ。夏のことで扉は開いてあり、だから足音の主は扉の音を立てずに入ってきたのだ。

「敦夏《とんか》さま……」

金色の髪と、紅い瞳の宦官。彼はそのうつくしすぎる顔をふたりに向ける。なにがあったのかと、問われるのだと思った。しかし敦夏は、紅い目をすがめただけだった。小さく鼻先で笑うと、ふたりのもとに歩み寄ってくる。

「お立ちなさい」

敦夏は、手を差し伸べてきた。銀青はぴょんと翔泉から飛び退《の》き、敦夏は翔泉の手を取ると、立ちあがらせた。

「衣が乱れてしまいましたね。お着替えなさい」

「は、い……」

翔泉は、混乱していた。翔泉が立ちあがると、胸に詰めていた布のかたまりが床に落ちた。乳房の小さな女、と言い張るにも無理がある。夏の衣は薄く、襦は茶で濡《ぬ》れて翔泉の男の胸に貼《は》りついているのだ。

「あ、……淑妃、さま……」

銀青が、恐る恐るといったように声をかけてきた。

「お召しもの、を……」

「おまえは下がりなさい、銀青」

敦夏は静かに、しかし断固とした口調で言った。

「淑妃さまのお召し替えは、奴才がやりましょう。おまえは、もうやすみなさい」

「です、が……」

「銀青」

敦夏の口調に、銀青は怯《ひる》んだようだった。では、と銀青はためらいながら頭を下げて、房を出ていった。

「あ、の……」

房には、翔泉と敦夏が残された。翔泉は胸もとを押さえ、おろおろとするばかりだ。しかし敦夏は、翔泉の戸惑《とまど》いなど気づいてもいないような平静な表情で、視線を向けてくる。

「お召し替えの、お手伝いをいたしましょう」

やはり落ち着いた声で、敦夏は言った。

「あちらがよろしいでしょう。奴才の手でよければ、お貸しいたします」

そう言って、敦夏は臥房《しんしつ》に向かって手を差し伸べる。翔泉はうなずき、彼に手を取られて臥房に入った。

すでに寝床の用意はされていて、あとは翔泉が着替えるだけだ。敦夏はなにを考えているのだろう。翔泉の胸はどきどきと弾み、そんな翔泉を敦夏はやはり薄笑みとともに見ている。

「どうぞ、お召し替えを。翔香さま」

「敦夏、さま……」

胡《こ》敦夏。それが、この謎《なぞ》めいたあまりにもうつくしい宦官の名だ。翔泉は戸惑いながら彼の名を呼ぶしかなく、敦夏はなおも意味の読み取れない笑みで翔泉を見ている。

「奴才も、喪《うしな》ったとはいえもとは男。恥ずかしがることもないでしょう?」

「……!」

翔泉は、一歩後ずさりをした。手が伸びてくる。敦夏に腕を摑《つか》まれて、翔泉は微かな叫び声をあげた。敦夏は翔泉の耳もとに唇を寄せてくる。

「気づいていないとでも思っていましたか?」

ぎゅっと引き寄せられる。注がれたささやきにぎょっとして遠のこうとする翔泉の腕を、敦夏は離さない。彼の唇が、翔泉の耳朶《じだ》に這《は》った。

「この程度の細工で、誤魔化せたと思っていたのなら……相当に、間の抜けた話だと言わなければなりませんね。気づかないわけが、ないではありませんか」

「……ご存じだったのですね」

翔泉は、唇を噛《か》んだ。うつむく翔泉の耳に、そっと生ぬるいものが這う。びくりと肩を跳ねさせる翔泉の耳朶を唇で挟み、敦夏はゆっくりと声を綴《つづ》った。

「あたりまえでしょう。本当に、気づいていないと思っていたのですか？」

「……皇上、も……？」

「さぁ、それは」

敦夏は、肩をすくめた。彼は戯《おど》けたように微笑《ほほえ》んだけれど、翔泉は笑うどころではない。

「ただ、奴才は最初から気づいていましたよ」

ふっ、と彼は笑った。

「なんともうつくしい、女装の青年だとね。いつか手に入れてやろうと、機会を狙《ねら》ってはいましたが……」

彼の呼気が、濡れた耳にかかる。翔泉は如実に反応し、敦夏はくすくすと笑い声をあげる。

「このように、好機が訪れるとは。あの小姓も、さぞ驚いていることでしょう」

敦夏が、翔泉を封じていないほうの手を伸ばした。その手は翔泉の胸に這う。作りものの乳房を失い、平たくなった男の胸を愛《いと》おしそうに彼は撫でた。

「……っ……！」

「ああ、火傷《やけど》をしましたね」

翔泉が声をあげたのはそれだけの理由ではなかったけれど、触れられて伝わってきた感覚を認めるわけにはいかなかった。翔泉は唇を噛んだままうなずく。敦夏は、翔泉の腕を優しく引いて臥台《しんだい》に座らせた。

「薬があったはずですよ。どの宮にも、一流の薬師《くすし》が煎《せん》じた薬の入っている薬箱があってね」

敦夏は、臥房の隅に置いてある飾り箪笥《たんす》の抽斗《ひきだし》を開ける。迷わず中に手を入れた敦夏の手には平たく白い小さな壺《つぼ》があって、彼はそれを持って翔泉のもとに戻ってくる。

「塗ってあげましょう。さぁ、傷口を見せて」

「で、も……」

ためらう翔泉を、敦夏は臥台の上に押し倒した。はっ、と翔泉が息を呑む間もなく、襦の胸もとがぐいと大きく開かれる。赤くなった、平たい胸。左右の中央に色づく突起は、火傷のせいでより赤く染まっている。

「火傷の手当は、時間の勝負ですから」

そう言って敦夏は、慣れた調子で翔泉の胸に手をすべらせる。塗り薬の冷たくぬるついた感覚が、心地悪い。臥台の上で身を跳ねさせると、翔泉の肩に敦夏の手がかかった。押さえつけられて、思わずはっと息をついてしまう。

「この薬は、効きますよ。なにしろ、かの黄帝内経《こうていだいけい》にあるものですからね」

敦夏の言葉に、翔泉は首を傾《かし》げた。その間にも敦夏の手は器用に翔泉の胸に薬を塗り込んでいき、感覚は心地悪さから皮膚に沁《し》み込む微かな痺《しび》れのようなものに変わっていく。

「な、んですか……、そ、れ……は？」

「医学のことを書いてある書物です。聞いたことはありませんでしたか？」

「ありません……、わたしは、字があまり読めませんから」

淑妃だろうがなんだろうが、文盲はあたりまえだ。翔泉も簡単なものなら読めるけれど、医学の書物など難しいものなど理解できるはずがない。

字が読めるのは一部の文官だけで、王宮に住まうほとんどの者は自分の名が書ければいいほうだ。翔泉も、妹の代わりに後宮にやってくるということが決まってから、ずいぶん名を書く練習をさせられた。妹が失踪《しっそう》さえしなければこのような面倒はなかったのにと、ずいぶん翔香を恨んだものだ。

「では、読み書きの練習をして……読めるようになればいいですね」

なおも薬を擦り込み、翔泉の胸に手を這わせながら敦夏は言った。彼の手つきは丁寧だけれど、胸を撫でまわされるという違和感――そしてそこから、奇妙な感覚が生まれてくるのが感じられる。

（な、に……、こ、れ……っ……？）

むずがゆい――というのとも、少し違う。相手は宦官とはいえ男で、敦夏はただ薬を塗っているだけだ。それなのに、体の奥から湧《わ》きあがってくる感覚はなんなのか。なにやら、腰の奥から熱くなってくるような――もどかしくて、じっと横になっていられない感触。翔泉は身を捩《よじ》らせたけれど、のしかかってくる敦夏の体が、それを許さない。

「じっとしていなさい」

子供を叱《しか》る母親のように、敦夏は言った。

「薬が塗れないでしょう。このきれいな白い胸に、火傷の痕《あと》を残したいのですか？」

「俺……わたし、は……男、です……」

翔泉の声は、掠れていた。自分がなぜこのような――まるで、喘《あえ》ぎ声のような――声をあげているのかもわからないまま、身の深いところから迫《せ》りあがる感覚に耐えた。

「火傷の痕など……どうでも、いいです。女のように、気遣わなくてはいけないわけは、ない……」

「ですが、あなたは皇上の妃でしょう」

平らな、男の胸に薬を塗り込みながら敦夏は言った。

「仮にも淑妃に、火傷の傷など。とても、お目にかけられるものではないでしょう？」

「皇上……、に、は……」

さいなまれる感覚を忘れて、翔泉は声をあげる。

「皇上には……、わたしが、男だということを……！」

薬を塗る手を止めて、敦夏は紅の目をすがめた。彼の、化粧をしたかのような紅い唇の端が持ちあがる。その金色の髪が、ひと筋さらりと垂れ落ちた。そのさまは一幅の絵のようで翔泉は、己の身の危機も忘れて見入ってしまった。

「もちろん、言いませんよ」

その唇を、やはり赤い舌がなぞる。それはまるで獲物を前にした肉食獣のような姿で、この場では捕獲される小動物でしかない翔泉をどきりとさせる。

「よもや妃が、男だなんて。表沙汰《おもてざた》になるようなことがあれば、淑妃さまのお命など言うまでもない。瑾族すべての、咎《とが》めになりましょうね」

「……、っ、……！」

翔泉は、唇を噛んだ。そう、翔泉が死罪になるくらいならまだいい。ことが瑾族に及ぶようなことがあれば、翔泉は死んでも死にきれない。ただでさえ、何百もの民族が集まってできている罧国だ。皇帝にとって、ひとつふたつの民族を滅ぼすことなどなんということもないのだろう。だから行方不明になった翔香の代わりに翔泉を送り込むという、無茶をしてまで民族の保守が必要だったのだ。

「あなたの態度ひとつが、瑾族の運命を示している」

なおも薬を塗りながら、敦夏はそのうつくしすぎる顔に笑みを浮かべる。

「あなたが、ここで……奴才を拒めばどうなるか、おわかりでしょうね？」

「拒、む、……、って……」

翔泉とて、自分の運命はわかっている。男とばれないのなら、なにをもするつもりだ。しかし翔泉は敦夏を拒んではいない。身のうちからの奇妙な感覚に怯んではいるものの、おとなしく臥台に横になり、彼の手を受け入れている。

「拒んでなど、おりません……」

切れ切れの、細い声で翔泉は答えた。

「なにごとも……敦夏さまの、なされるがままに」

「それは賢明です」

目をすがめ、敦夏はその魅惑的な笑みを濃くした。

「さすが、淑妃の位をいただくかたは違う。真摯《しんし》な態度でいらっしゃるのが、一番です」

「……敦夏、さま……?」

目の前に、影が落ちてくる。視界を閉ざされて翔泉はあっと声をあげ、その唇は温かいものに塞《ふさ》がれた。

「く……、ん、っ……」

自分がくちづけられているのだと気がついたのは、呼吸がままならず苦しさに耐えかねたからだ。大きく胸を上下させて、懸命に息をする。敦夏の手はなおも翔泉の胸に薬を塗り込みながら、その指先がかりっと乳首を引っかいた。

「ひぁ……あ、……、……!」

同時に、今まで翔泉の体の奥でわだかまっていたものが弾《はじ》ける。思わずくっと息を呑み、体中に散った不思議な感覚を味わった。

「な、……に……?」

「ふふっ」

唇を重ねたまま、敦夏は艶めいた笑いを洩らした。その振動が直接唇に伝わってきて、翔泉はびくんと肩を震わせる。

「名前は?」

彼は舌を出し、翔泉の唇を舐めた。紅を塗るように舌がすべり、それにもぞくぞくとした感覚が湧きあがってくる。

「淑妃さま。翔香というのは、あなたの妹御のお名前でしょう？　あなた自身の名前は、なんというのです」

「翔泉……」

うなされるように、翔泉はつぶやいた。

「張、翔泉……です……」

「そうですか。翔泉さま」

ちゅくん、と音がしてくちづけがほどかれる。翔泉の目の前には、あまりにもうつくしい敦夏の顔があった。彼は紅の瞳を開いて、じっと翔泉を見つめた。

「……あ、……、っ……」

先ほどから翔泉をさいなんでいた、体の中に湧き起こる焦《じ》れったいなにか。それがますます大きくなっていく。まるで胸だけではない、体中の至るところを敦夏に触れられているかのような。ともすれば敦夏が男で、翔泉が女で、彼に臥台に組み敷かれているかのように。

「やぁ……、っ……！」

「感じてきましたか？」

　身を起こしながら、敦夏は言った。

「体中の、どこもが心地よくなってきたのではないですか？　特に……ここなど」

　よく手入れされた、白い手が空《くう》を舞った。まるで羽ばたく蝶《ちょう》のようだ、と思った翔泉の視界の先、それは女ものの裙子に包まれた翔泉の下肢にすべる。

「いぁ……、っ……！」

　その奥に隠れている、翔泉の欲望。触れるともなく触れられて、それがすでに勃《た》ちあがっていることに気がついた。

「な、……、っ……？」

　恥じらうよりも驚いた。さんざん胸に触れられていたとはいえ、いくらうつくしいといっても男の手だ。それに触れられて感じるなんて、自分はいったいどうしてしまったのか。

「お、れ……？」

「なにも、心配することはありません」

　一方で、涼しい顔をしているのは敦夏だ。

「あなたは正常です……本当に、いい反応を見せてくれる。……ほら、こうやって」

敦夏は再び手をひらめかせる。彼は手を動かしただけだ。しかし裙子の下の勃ちあがった翔泉の欲芯《よくしん》は、まるで直接触れられて扱《しご》かれたように、はっきりとした快感を得た。

「ここは？　どこに触れられるのが好きですか？」

「や、ぁ……、ああ、あ……っ……」

胸だけをはだけたまま、すべての衣をまとった翔泉は身悶《みもだ》えた。なめらかな敦夏の手が、何度も何度も自身に触れる。根もとに指を絡められて、その細い指がてんでに動く。強弱をつけられて揉《も》まれ、擦りあげられ、先端を何度も指の先端で摩擦され、溢《あふ》れ出る淫液を擦り込まれるようにされる。

「はぁ、……っ、あ、あ……！」

翔泉は、腰を跳ねさせた。先端の、一番感じるところに敦夏の爪《つめ》が擦れた――ような気がした――拍子に、腰の奥で熱いものがどくりと跳ねる。それは翔泉の感じるまま、熱の高い精液となって溢れ出した。

「……っあ……、っ、……」

はぁ、はぁ、と荒い呼気が洩れる。激しく胸を上下させたまま、翔泉は驚きに目を見開いていた。

「いった、い……、な、に……が……」

呻《うめ》く声も掠れてしまう。そんな翔泉を、敦夏は目を細めて見つめている。

敦夏は、襟ひとつ乱していない。袖もがきっちりと手首までを隠したままで、息をも荒らげることなく、その紅の瞳を翔泉に向けている。

「心地よかったですか？」

ふふっ、と艶やかな笑い声を立てながら、敦夏は言う。まるで子供をあやすようなその物言いに翔泉はかっと頬を熱くし、敦夏がまた笑った。

「なに、を……？」

「知りませんか、熒族の……念動の技を」

うたうように、敦夏は言った。

「ものに触れずに、手を使える。まなざしだけで、感覚を与えられる……そんな神授の技を、聞いたことはありませんか？」

「熒族の、念動……？」

はっ、と熱い息を吐きながら翔泉は呻いた。

「どこの……？　どこの、ご出身ですか……？」

なにしろ、何百という民族を抱える罘国だ。同じ民族でもいくつかの種にわかれている場合も少なくない。翔泉の知らない民族や種などたくさんあって、その中に不思議な力を操る熒族というものもあるのだろう。

「浪冬県《ろうとう》です」

翔泉は、首を傾げて敦夏を見た。浪冬県とはまた聞いたことのない地名だ。そんな翔泉の戸惑いを感じ取ったのか、敦夏は目を細めた。

「北の、一年の半分が雪に閉じ込められるところですよ。特別な作物も名産品もなく、ただ我が身を糧にするしかない」

「……ああ」

だから、彼は宦官なのだろう。我が身を捧げて宦官となり、その身の代が県なり村なりに支払われたに違いない。彼ほどの美貌《びぼう》だ、その値はさぞや高いものだっただろう。

「そのような顔をしないでください」

目を細めたまま、敦夏は言った。

「そんな顔をされると……、もっと、いじめたくなりますよ」

「え、っ……？」

さらり、と敦夏の金色の髪が垂れる。彼ははだけた翔泉の胸もとに顔を寄せ、鎖骨のあたりに吸いついた。きゅっと力を込められて、つきりと走った痛みに翔泉は眉《まゆ》を寄せる。

「や、っ……」

「また、反応してくれるのですか?」

嬉《うれ》しげな声で、敦夏は言った。彼のくちづけは肌を這い、先ほど薬を塗り込まれた胸もとには点々と紅い痕がつく。

「一回、達《い》ったくらいではもの足りない……?　もっと、ほしいですか?」

「ん、や……、っ……」

はっ、と翔泉は熱い息を吐く。身じろぎしても、また敦夏の直接触れてこない手業に溺《おぼ》れさせられて逃げられず、体をくねらせるばかりだ。

「どこが感じるのか、教えてください」

このたびは、先ほどのように直接自身に刺激は与えられない。敦夏は顔をあげ、その絹糸のような髪を微かに揺らせながら、目に見えない手で翔泉の体を撫でまわす。彼はそこにいて微笑んでいるだけなのに、乳首をきゅっとつねられた感覚があった。それは体の芯を伝わって下肢に流れ込み、翔泉の欲望は再びの反応を示す。

「いぁ……、っ、……」

逃げようとしても、やはり見えない力に押さえられてわずかな抵抗を示すことしかできない。両の乳首がつままれ捻《ひね》られ、それは今まで知らなかった快楽となって翔泉の体を這いまわる。

「や、だ……、ぁ……、っ……」

まるで泣き出しそうな声で、翔泉は呻いた。乳首が尖るのがわかる。押し潰《つぶ》されてまた感じ、身の奥までを貫く快感に身を捩る。するりと体の中心を撫であげられて、すると動物が啼くような声があがった。

「いぁ、あ……、っあ、あ……！」

「かわいらしい顔をして」

敦夏は手を伸ばし、翔泉の顎をつまみあげる。上を向かされたことで敦夏のうつくしい顔の角度が変わり、そして翔泉の両の瞳からは涙が溢れてこぼれ落ちる。

「それほどに、感じるのですか？」

「……っああ、あ、ああっ！」

「こちらも、こんなにして……また、溢れさせていますね」

「っあ、ああ、……っ、あ！」

直接は触れてこない敦夏の手が、すでに勃ちあがっている翔泉自身に触れる。どくり、とそこが震えるのがわかった。滲《にじ》み出した淫液は幹を伝って流れ落ち、それにすら感じさせられた。

「……もう少し、あなたの顔を見せていてください」

顎にかけられた指が、翔泉の顔を再びあげさせる。拍子にまた、涙がこぼれた。

「感じているあなたは……本当に、とてもかわいらしい」

満足げに微笑む敦夏が言う。そのうつくしい顔は滲んで見えて、すると彼の白皙《はくせき》はまた違った色で輝いた。

「いちいち、新しい表情を見せてくれて。この後宮に、あなたのような人がいるとは思いませんでした」

なおもうたうように、敦夏は言った。自身に触れてきた目に見えない手はそのまま翔泉の下腹部を撫であげて、臍《へそ》のまわりをくるりとなぞる。

「いぁ、あ……あっ！」

「まさか、後宮にね」

小さく笑った敦夏に翔泉は、はっとする。そう、ここは後宮。皇帝の妃たちが住むところ。そして翔泉――正しくは翔香は、皇帝の妃なのだ。

「や……、っ……」

翔泉は逃げようとした。いくら不思議な力で実際には触れられることがないとはいっても、この身を彼に捧げるわけにはいかない。しかしすでに胸には紅い痕を散らされてしまった。これを皇帝に見られでもすればどうなるのか。そんな、現実的な思考が翔泉の脳裏を過《よ》ぎった。

「だ、ぁ……、め……っ……」

懸命に腰を揺らす。体を捻って逃げようとする。しかし念動などの力を持つ敦夏に勝てるはずがなかった。身悶えすればその先を見えないなにかに遮られ、衣の下の肌をなぞられる。ざらりと撫であげられて肌が粟立《あわだ》つ。

感覚は快楽に塗り潰されて、指先ひとつ自分の意思では動かせなくなってしまう。翔泉の自由になるのは、あげる声ばかりだった。

「こ……、ん、な……、っ……、……」

先ほどよりも、丁寧に肌をなぞられる。下腹部から臍のまわりをくすぐるようにされ、そして手は腰を撫であげた。そのような場所、と思うものの息ができなくなるくらいに感じてしまい、翔泉は身を仰《の》け反らせた。

「敦夏、さま……」

息も絶え絶えに、翔泉は掠れた声をあげる。

「もう、こんな……、わたしは、後宮の妃、でしょう……?」

そもそもそれを言い出した敦夏に、思い出させるようにそう言ったのだけれど。しかし敦夏は、見とれてしまうほどの微笑とともに淡々と言った。

「だから?」

「敦夏さま……! あなたは、本当は男でしょう? そのうえで、私をこんな……こんな、目に遭わせ、て……」

「皇上を、裏切る行為だと?」

くすくすと笑いながら、敦夏は言う。その間も翔泉の体を這いまわる手は止まらず、翔泉は懸命に堪《こら》えても洩れる、どうしようもない快楽に抗《あらが》えない。

「それも、いいかもしれませんね」

ざわり、とみぞおちを辿《たど》りながら、敦夏は言った。

「皇上を裏切り、宦官と通じる……なかなかに、背徳的な行為ではありませんか」

「そのような……、こ、と……!」

敦夏の手は、翔泉の胸を撫であげる。ぞわぞわっと怖気《おぞけ》のような快感が這いのぼり、翔泉は大きく身を震った。どういう力を使われているのか、起きあがることもできないまままた達してしまったかもしれない。

「畏れ多い……、敦夏さま、そのようなことをお考えで……?」

「ちょっとした、戯れですよ」

くすくすと笑いながら、敦夏はなおも翔泉の体をもてあそぶ。胸を撫で、乳首をつまんで引っ張って。つまんだ指先で転がすようにころころと、そして潰されて今度はこりこりと力を込められて。

翔泉の乳首は、すっかり感じる部分になってしまった。今まで、そのようなものが自分にあるなどと、意識したこともなかったのに。今では掠める指の微かなざらつきでさえも敏感に感じ取る、性感帯のひとつだ。

「秘密の逢瀬《おうせ》など……わくわくしませんか？　なに、後宮の宦官と妃の房事など、よくあること。……その相手が男性だとは、考えたこともありませんでしたが」

かっ、と翔泉の頬が熱くなる。同時に乳首をつまみあげられて声が溢れたけれど、先ほどからずっと、敦夏は手を動かしていない。長袍《ちょうほう》の袖の中に両手を入れたまま、しかし彼のまなざしに押さえつけられるように翔泉は動けず、見えない手にもてあそばれているのだ。

「それはそれで……興味深いですね。宦官でもないのにこれほどにかわいらしい男なら、どれだけ相手にしても飽き足らぬというもの」

宦官は、男の機能を取り去ってしまったことから女のようになる。声は高く体は華奢《きゃしゃ》に、そして宦官になれるのはうつくしい者だけだ。宦官であることは敦夏の美貌を増し、彼の白皙に磨きをかけている。はっ、と熱い息を吐きながら翔泉は、改めて敦夏のうつくしさに目を奪われた。

「気に入りましたよ、翔泉さま」

そんな彼に目を合わせ、紅の瞳を細めた敦夏は言った。

「これから、あなたをこっそりと翔泉さまとお呼びしましょう。なに、ほかの者には聞かれはしませんよ。あなたと秘密を共有しているということが、どれほど甘美であるのか……あなたにも、味わってもらいましょう」

そう言いながら、敦夏は顔を寄せてくる。うつくしすぎる顔が近づき、唇を押しつけられた。くちづけを奪われ、吸いあげられて。翔泉は声を洩らした。ぞくぞくとしたものが、背中の中心を走っていく。

「……っあ、……ん、……」

「奴才の、翔泉さま」

くちづけをしながら、敦夏はささやいた。

「これほどに愛おしい……かわいらしいものを、奴才は知りません。こんなにも……いじらしいものを」

「あ、……や、ぁ……っ……」

唇を奪われ、柔らかい肉を吸われ舐められ、軽く歯を立てられながらも、翔泉の体はもてあそばれている。胸を撫でられ乳首をつままれ、ぞくぞくと這う感覚に耐える下肢にはやはり触れられる感覚があって、それは翔泉自身をゆるゆると撫であげている。

「ふぁ……、っ、……っ」

「こんな……反応してくださって。あなたも、奴才を悦《よろこ》んでくださっていると考えてもいいのですか……？」

「い、……っ、……あ……っ、う……」

口では優しいことを言いながらも、彼の手業はあまりに巧みだ。直接手を使っているわけではないのだから、手業と言っていいものかどうかはわからないけれど、翔泉の体には無数の見えない手が這って、撫であげつまみ、引っかいては擦り、小刻みにあらゆる刺激を与えてくるのだ。

「は……、敦夏、さ……、ぁ、……も、う、……っ……」

腰を揺らしながら、翔泉は呻いた。

「だめ……、ま、た……、ぅ、……っ……」

ふふふ、と敦夏の、艶めかしい笑い声が聞こえた。

「では、また別の機会に」

敦夏が、手を伸ばす。彼が自ら手を使うとは、いったいどのようなことをされるのか。

翔泉は目を見開き、しかしやはり体は自由にならない。

「あなたを、もっと満たして差しあげましょう……奴才は、宦官……しかし宦官が、女を、男も満足させる方法を心得ていることを、ご存じですか？」

ぞくり、と翔泉は身を震わせた。それが今まで以上の恐ろしい快楽であることは、容易に想像できる。それを知ることは恐ろしい——しかし彼に従わず、張翔香が男であることを暴かれでもしたら——。

「……妹が見つかれば、入れ替わるのです」

敦夏から目を逸《そ》らせ、独り言のように翔泉は言った。

「わたしは、いつまでもここにはおりません。……万がいち、お召しがあるなどということがあれば。わたしは、生きて後宮を出られないでしょう」

「それで？　妹御は見つかりそうなのですか？」

翔泉は、なにも言わなかった。握った襟もとに指が白くなるまで力を込める。そしてぱっと顔をあげて、敦夏を見た。首を傾げる敦夏に、懇願の声をあげる。

「お願いです……妹には、このようなことをなさらないように……」

敦夏は、ふっと表情を強《こわ》ばらせた。目をすがめたままだけれど、その奥の紅い瞳が、冷ややかな感情を宿したのがわかる。

「妹は……、そのうち、後宮に入るのです。そのときに、妹にはこのようなこと……」

「妹御は、うつくしいですか？」

冷淡に、敦夏は尋ねた。翔泉はぐっと息を呑み、そっとうつむく。

「……瓜ふたつだと、言われます」

「あなたのそのうつくしさは、……まやかしゆえ」

「……はい？」

敦夏の言葉の意味がわからない。翔泉は首を傾げ、そんな彼に敦夏は、ふふふと笑った。

「そのまやかしがうつくしいのか、あなた自身……そっくりだという妹御が、その魅惑を孕《はら》んでいらっしゃるかどうかは、わかりませんから」

「は、……あ」

結局、どちらなのだ。翔泉は困惑し、眉間《みけん》に皺を寄せる翔泉に敦夏は笑った。

「それでもなお、あなたがうつくしいことには変わりない」

敦夏は、手を伸ばしてきた。頬に触れられるだけで、いまだに残る感覚が刺激される。逃げ腰になった翔泉を引き寄せ、抱きしめ、敦夏は心の読めない、不思議な笑いを洩らした。

第二章　黒色《こくしょく》の武人

さわり、と涼やかな風が吹く。宵の空気は涼しくて、長袍の袖の中にも入り込み、翔泉を心地のいい気分にさせてくれる。

「……はぁ」

翔泉はため息をつき、院子《にわ》の岩の上に腰を下ろした。褲子《こず》の裾を、夜風がひらめかせる。身にまとい慣れた男ものの衣装に、翔泉はまた、ほっと息をついた。

宦官の敦夏に男だと見破られ、彼の攻めを受けたのは数日前の夜のことだ。翔泉は臥台から起きあがることができず、朝になってやってきた銀青に心配をかけた。

しかしなにゆえに、臥台から起きあがることができなかったのかは説明できなかった。銀青はしきりに知りたがったけれど、翔泉の胸もとを見ると黙ってしまった。

「……は、ぁ……」

袍の胸もとを押さえ、また翔泉は息をつく。数日が経っても、まだ心臓はどきどきとしているような気がする。敦夏の、体に貼りついてくるような手。撫であげられる感覚。秘められた場所を開かれる奇妙な感覚。何度吐精してもまだ足りなかった、今までに感じたことのない快楽。

「っ、……、っ……」

翔泉は、身震いして体を抱きしめた。身の奥にはまだ熾火《おきび》が灯《とも》っているようで、それが迫りあがって体の奥を灼《や》くようで。それはあれから始終翔泉をさいなんでいる、どうしようもない感覚だった。忘れたくても忘れられず、ふとしたときに鮮やかに脳裏に蘇《よみがえ》ってくる鮮烈な快感――翔泉は、微かに声をあげた。

「誰《だれ》だ」

それを聞いたらしい男の声に、はっとした。振り返ると、茂みの向こうには黒い緞袍《だんぽう》の男がいる。腰には剣を佩《は》き、その大きな体軀《たいく》は見あげるばかりで翔泉は圧倒された。

「何者だ。このような時間に、このような場所で」

「あ、の……」

翔泉は立ちあがった。思わず身を引き、しかし男は大股《おおまた》に翔泉に歩み寄って、大きな手を伸ばすと翔泉の手を摑んだ。

「……宦官ではないな」

彼の言葉に、はっとした。宦官でも女官でもない翔泉がこのような場所にいることは、ありえない。男はその腰の剣を引き抜く権利があり、翔泉は首を掻《か》き斬《き》られても仕方がないのだ。

「男が、なぜ後宮にいる？　答えろ」

「あ、の……、れ、……、は、……」

しどろもどろになった翔泉は、男の顔を見た。どこかなにか、見覚えがある。知り人に似ているのだろうか。それにしても、これほど整った美丈夫が知り合いにいただろうか。

「あ、……っ……！」

眉をひそめたまま翔泉を見ている男が誰なのか、はっとひらめいた。翔泉は一歩後ずさりをしながら、微かにささやいた。

「……剣峰さま……？」

「我が名を……？」

ますます、鋭い視線で彼は翔泉を見つめた。目をすがめ、翔泉が誰であるのかを見定めようとしているかのようだ。

ああ、と剣峰は声をあげた。

「おまえは……、淑妃か」

「……はい」

恐る恐る、翔泉はうなずいた。剣峰はなおも、じっと翔泉を見ている。翔泉はたじろぎ、しかし剣峰の手が彼を逃がさない。

「なぜ、男ものの衣など着ている。襦はどうした。裙子は？」

「いえ……、あ、の……」

女の衣をまとっていると、それに隠された体を敦夏にもてあそばれたときのことを思い出して、どうしようもなくなる。だから銀青に無理を言って、袍と褲子を用意してもらったのだ。

翔泉は逃げようとしたけれど、剣峰の手は強い。同じ男でも力がまったく違い、翔泉は逆らうことができなくて焦燥した。

「違うな……」

暗がりの中、彼の顔が近づいてくる。ぴんと立った毛並みのいい耳、切れ長の目、深い黒の瞳。通った鼻筋に、酷薄に薄い唇。たとえれば研いだばかりの剣のような美貌が、目の前にある。

「淑妃……、おまえは、男か」

「あ、の……、手を、っ……」

必死に振り払おうとした。しかし剣峰の手はますます強く、振りほどくどころではない。それどころかますます、手には力が込められる。

「男が、なぜ後宮にいる。宦官なわけではなかろう……あのとき、皇上の前で会ったな。あのときの、飾り立てた姿は……皇上を謀《たばか》っていたというのか」

「そのような、つもりは……!」

訳を話そうとしても、剣峰は言葉をたたみかけてくる。顔を近づけられてその迫力に押され、翔泉は視線をうろうろとさせた。

「剣峰さ、ま……、離、して……」

「いいや、離さぬ。おまえが、訳を言うまではな」

「そ、れは……」

言っていいものか。自分はともかく、入れ替わったあとの翔香に迷惑のかかることにならないだろうか。翔泉はたじろぎ、それが剣峰を苛立たせたようだった。

「言えないことだというのか? よもや、企《たくら》みを持って後宮に入った者ではあるまいな」

「違います……、そのような者では、ございません……」

声を掠れさせながら。翔泉は言った。

「お疑いの由は、わかります……が、これは訳あってのこと。どうぞ、お見逃しください」

剣峰の手から逃れようとする翔泉に、彼の視線が注がれる。暗がりの中、じっと翔泉の正体を見破ろうとしているかのようだ。

「お離し……、ください……！」

翔泉は、体を捻った。と、剣峰がぐいと腕を引き、彼の腕の中に収まってしまう。

「剣峰さま！」

「確かに、男だ」

ぎゅっと、腕の中に抱きしめながら剣峰は言った。

「この肩幅、この背中……まさしく、男のものだな」

「お手、を……、剣峰さま……」

ふっ、と彼が笑ったのが、耳に触れた呼気でわかる。それに、ぞくりと震えた。敏感な神経を刺激され、体の隅々まで感じさせられよがり狂わされたのは、たった数日前のことだ。翔泉の感じやすい神経はまだ敏感なままで、剣峰の熱い吐息に如実に反応してしまう。

「……ほぉ」

強く翔泉を抱きしめながら、剣峰は言った。

「なにも知らぬ体、というわけでは……ないようだな」

「違、い……ま、す……！」

翔泉は、悲鳴をあげた。

「なにを、そのようなこと……、お戯れを」

しかし剣峰の腕は緩まない。ぎゅっと抱きしめられて、翔泉の胸はまたどくどくと高鳴り始める。

「おやめください……、剣峰さま。わたしは、皇上の妃です……」

「男の身でか？」

びくり、と翔泉は身を震わせた。その体を、剣峰はさらに強く抱く。

「いかなる理由があろうとも、男の身で後宮に入り込んだなどと。打ち首で済めば、儲《もう》けものだな」

くすくすと、剣峰は笑う。翔泉の脳裏には、一度だけ見た皇帝の顔が浮かぶ。つりあがった金色の瞳は、黒と金の混ざった鋭利な耳の印象と相まって、その性格を窺《うかが》わせた。あの皇帝にとって、翔泉の首を落とすことくらいわけないことだろう。

ましてや、性別を偽って後宮に入っていたなどと——瑾族のすべてが咎を受けても不思議ではない。それを考えると、翔泉の背は冷えた。自分のうかつな行動が、一族を危険に陥れるなんて。

「わたしは……、どう、すれば」

ふっ、と剣峰は息をついた。腕に抱いた翔泉を、引きずるようにあずまやにまで連れていく。竹を編んでできた倚子の上に翔泉を横たえ、その両腋の間に手を置いた。

「……な、……、……?」

彼を見あげる格好になって、翔泉は焦燥する。このように横たわった格好で、首を落とされるのだろうか——剣峰は、その黒い目をすがめた。じっと翔泉を見下ろしてくる。彼の頭の上の耳、その内側が赤く染まっていることに翔泉は気がついた。

(耳、の……色)

それは、あまりにも艶めかしく目に映った。なぜ、そのようなことを——しかしその色を前に、まるで敦夏に触れられたときのような感覚が湧き起こるのを知る。

「うつくしいな」

見下ろしてくる剣峰は、そうつぶやいた。

「あのときは、確かに女だとしか思わなかったのだが……こうして見ると、男にしか見えぬ。それが、こうもうつくしい輝きを放つとは……」

顎に、手をかけられた。あおのかされて、検分するかのようにじっと見つめられる。居心地の悪さに翔泉は身を捩ったけれど、敦夏のような力を持っているはずのない剣峰は、ただその力で翔泉を押しつけた。

「さて、ここで首を落とすも、皇上に報告するも、私次第だが……」

ぶるり、と翔泉は身を震った。そんな彼を楽しげに見て、剣峰はその力強い親指で翔泉の頬をなぞった。

「なぜかな。そういう気には、なれない」

そこで翔泉は、安堵《あんど》すべきだったのかもしれない。皇帝を謀ったことが、露見しないで済む——しかし剣峰は皇帝の腹心だし、敦夏もそうだ——なんといっても、ふたりが皇帝を挟んで、揃《そろ》って翔泉を出迎えたのだから——ふたりの口から皇帝に事実が洩れないはずがない。剣峰には翔泉を害する意図がなくても、皇帝はどうだかわからない。そして皇帝の言うことこそ、絶対なのだ。

「おまえは……愛《め》でて、はぐくむべき存在に思えるな」

「は、ぐくむ……？」

彼の言葉の意味がわからない。翔泉は眉根を寄せ、そこに剣峰の指が押し当てられる。

「そのような顔をするな」

ふっ、と剣峰が笑う。そして彼は唇を、こめかみへと押し当ててきた。

「あ、……、っ……」

「愛おしんで、愛玩《あいがん》したい……おまえの艶めかしい姿を、見たい」

「剣峰さま……！」

彼の口調は、あの夜の敦夏のものに似ていた。女を求める男の欲望に満ちた、声。しかしあの夜は、宦官と女装の妃だった。そしてこの宵は、逞《たくま》しい男と女と見まごうばかりの男なのだ。

「あ、あぁ……、っ……」

なんと、背徳的な。しかし剣峰は、そのようなことに頓着《とんちゃく》しないとでもいうように、手を伸ばしてくる。そして翔泉の胸もとを、開いた。

「やぁ……、っ、……！」

「……すでに、未通《みつう》ではないということか」

「こ、これは……」

翔泉の胸には、点々と紅い痕が散っている。敦夏の残した痕だ。これを見て、銀青はため息をついた。虫刺されなどという言い訳など通用しないことは、翔泉にもわかっている。どう見ても、強く吸いあげられたくちづけの痕だ。

「宦官とでも乳繰り合ったか？　やつらは、宦官などと言っておきながら性欲とは離れられん……物欲に走る者も多いが、たまに、こういう悪さをする者がある」

剣峰の指は、翔泉の胸をついっとなぞった。彼の耳の、紅潮が目に入る。すると敦夏に愛撫《あいぶ》されたときの感覚が蘇って、その指の動きは翔泉の腰の奥にぞわりとした感覚を生み出した。

「……ひ、ぅ……」

「なんだ？　感じているのか？」

少し驚いたように、それでいて楽しむように剣峰は言った。

「誰ぞに……こうされて、感じる術《すべ》を覚えたか？　ここが、おまえの感じる場所だというか？」

「違、……、っ……」

しかし、はっ、と洩れる呼気は翔泉の性感を示している。それを煽《あお》るように剣峰は何度も撫であげた。その手はごつごつとしている。剣の稽古《けいこ》や乗馬を欠かさないのであろう、男らしさの感じられる手に奇妙な感覚が迫りあがってくる。

翔泉自身男の身でありながら、男に伏せられている屈辱。剣峰の体格からして、暴れたところで離してはもらえないだろう。おまけに翔泉は、瑾族の命運を握っている。翔泉が暴れ、逃げて剣峰の機嫌を損ねるようなことになれば――淑妃が男だったと見破られた時点で、瑾族の運命は風前の灯火《ともしび》なのだけれど。

「未通でなく……しかも、男であるならば」

ざらり、と剣峰の手が翔泉の胸を撫であげる。翔泉はひくりと体を震わせ、そんな彼の反応を楽しむように、剣峰は何度も手をうごめかせた。その、ざらざらと荒い手のひらに擦られる感覚は、翔泉の腰の奥に確かな炎を宿している。

「私が、ここで抱いても……咎めはないということか」

ひくん、と翔泉は身を跳ねさせた。その体は、剣峰の腕の中に抱きとめられる。

「そもそも、裏切ったのはおまえのほうだからな。男の身で、妃など……いったい、なにがあった」

「れ、は……、っ……」

固唾を呑みながら、翔泉は呻くように言った。

「妹、が……」

「なに？」

剣峰は、その形のいい眉を歪《ゆが》めた。翔泉の胸の上でうごめく手も止まり、その黒い瞳がじっと翔泉を見つめてくる。

「妹だと？　よもや、妹と入れ替わっているというのか？」

「さように、ございます……」

こくり、と翔泉はうなずいた。

「いつからだ?」

「最初からです。妹が後宮に上がる前日、あれは姿を消してしまいましたので」

「……ふん」

求める答えを得て、剣峰は満足したらしい。鼻で笑うと顔を近づけ、唇を押し当ててきた。

「っ、あ……、っ……」

ぶるり、と翔泉の体が大きく震える。重なった唇は、剣峰自身の印象どおりに荒々しく、いきなり舌を突き込んではぐるりと舐めまわす。息を塞がれて、頬がかっと熱くなる。反射的に逃げかけた翔泉の体を、剣峰が押さえ込んだ。

「逆らうか?」

重ねた唇の隙間から、剣峰はつぶやいた。その声の震えが伝わって、翔泉は新たな性感を受け止めた。腰の奥が熱くなる。褌子の下、自身がゆるりと勃ちあがってきているのが感じられる。

「私に逆らって……それで、どうなると思う」

「剣、峰さまに……逆らう、は……、皇上に逆らうも、同じ、と……」

「よくわかっているではないか」

口腔《こうこう》を、ぐるりとかきまわされる。歯茎の裏側に彼の厚い舌が触れたとき、ぞくんと背筋を走るものがあった。体中を貫く快感。そんな翔泉を組み敷く剣峰にも彼の感じた反応は伝わったらしく、彼は唇を重ねたまま、笑った。

「この程度で、反応するか……？　ほら、ここもこのように……」

「やぁ、……ああ、あっ！」

剣峰の力強い手が、翔泉の下肢を撫であげた。そこには、形をなした翔泉自身がある。薄い褲子では、その膨らみを隠しきることはできないだろう。

「い、や……、っ、……」

「そのような顔をしていて、やはり男なのだな」

剣峰は、愛おしげに翔泉のそれを撫でた。そのたびに翔泉の体は、ひくっ、ひくっと反応して、その硬さを増していく。

「だが、それでさえもが愛おしい……おまえは、不思議な男だ」

「このよ、うな……、こ、と……」

唇を震わせながら、翔泉は言った。

「皇上に、知られれば……、っ……」

ふっ、と熱い呼気を唇に吹きかけながら、剣峰は言う。

「男の妃をか？　淑妃が男であったと知られて、身に危険が及ぶのはおまえのほうだと、先ほど認識しなかったのか？」

くっ、と翔泉は息を呑んだ。皇上の名を出しても、なんの意味もなかった。ただ自分の、一族の危険を思い知らされただけだった。

「この軽い頭も……おまえの魅力のひとつというところか」

艶やかな黒髪を、撫であげられる。敏感になった体はそれにも感じ、翔泉はわずかに身悶える。

「なんだ、このようなことにも感じるのか」

呆《あき》れたような調子に、かっと体中が熱くなる。しかし身じろぎしても剣峰の腕には勝てず、ますます強く、抱きしめられてしまう。

「満足させてやろう」

剣峰は、いっそ邪悪に聞こえるような口調で言った。

「おまえの、淫《みだ》らな体が満たされるようにな……」

「で、すが……、たし、は……」

ひくっ、と咽喉《のど》を鳴らしながら翔泉は言った。

「お、とこ……、で、……剣峰さまの、ご満足になど……」

「その男の体が、これほどに私を魅了しているのに、か?」

剣峰の手が、胸もとを開く。長袍は肩まではだけられ、前は開いて臍までが見えてしまう。

「おやめ……、くだ、さ……っ……」

「月明かりのせいか?」

ふと、剣峰は空を仰いだ。翔泉もつられて顔をあげる。夜空には薄く雲がかかっていて、丸い月が見えた。微かに赤みを帯びた黄色い月は、眼下で行われようとしていることなどなんの興味もないようだ。

「白いな……そこらの女などよりも、ずっと白い。乳房のないのは残念だが……」

するり、と大きな手が這う。触れられた皮膚はぞくぞくとわななき、褲子の下の欲望は力を得る。先端から洩れ出しているはずの蜜《みつ》が、布を汚してしまっているかもしれない。

「いや、それがいいのか。男を抱いたことはないが……このような心持ちになるものなのか。なんとも……興味深い」

「悪、趣味……、っ、……で、す……」

体を震わせて、翔泉はせめてもの抵抗を見せた。しかしそれは剣峰の腕の下で、なんの意味もなさないただの身動きだ。

「見せてみろ。おまえの、いい反応をな……」

剣峰は顔を伏せ、尖った乳首に舌を這わせる。ざらり、と舐めあげられて翔泉は大きく体を震わせた。

「いぁ……、っ、……」

「かわいらしく喘ぐ」

もうひとつの乳首は指先でつまみ、くりくりといじられた。両方の尖りを通して、体の奥に熱が溜《た》まる。

「こうすれば、どうだ？」

「……っあ、あ……あ、ああっ！」

剣峰の歯が、軽く乳首を咬《か》んだ。かりっと小さな音がして、びりびりと体中に衝撃が走る。それは腰で渦を巻き、すっかり勃ちあがった自身が、どくりと弾ける感覚があった。

「は、……、っ、……ぁ……」

先日に続いて今日も、男に達せられるという屈辱を味わった。なんの因果か、と自分に呆れ果てる気持ちは、しかし立て続けに違う手腕で絶頂を味わわされた快楽に塗り潰されてしまう。

「やぁ……、っ、……っ……」

剣峰の手は、開いた長袍の中に入り込む。胸から腋、背中に手がすべって撫であげられ、そのぞくぞくとした感覚にさらに感じさせられる。

「……っあ、……ま、た……っ……！」

「なんだ、達ったのか？」

小さな笑いとともに剣峰はそう言い、彼の手は褲子の上にすべった。くちゅ、と小さな音がする。いったん放ってもなお勃起《ぼっき》している翔泉自身を、剣峰は何度も擦りあげた。

「やめ、や……、っ、あ……ああ、あ……っ……」

「足りないと見えるな」

剣峰は、舌なめずりをした。手の動きが激しくなって、翔泉を追い立てる。

「そのように、色めいた顔をして……自分が、女よりもよほどに色っぽいということを自覚しているのか？」

「な、ぁ……、に、……、っ……を……」

熱い呼気を吐きながら、翔泉は身悶える。はっと目を見開き、そこに映る色彩に思わず見とれた。

剣峰の顔色は変わっていない。しかしその頭の上に立った耳——内側が紅く色を変えている。紅潮したかのように、鮮やかな紅色に染まっているのだ。

その色は、翔泉をどきりとさせる――まるで、欲情しているかのような。そんな連想が働いたのは、翔泉自身どうしようもない体の反応をもてあましているからなのかもしれない。

何度か褲子の上から翔泉自身を刺激していた剣峰だけれど、ふっとその手をほどく。刺激を急に奪われて、ひくんと翔泉の腰が跳ねた。

「や……、剣峰さ、ま……ぁ……」

「急《せ》くな」

思わず甘えた声をあげてしまい、翔泉は慌てて唇を嚙む。その上に、剣峰のくちづけが下りてきた。嚙みしめた歯ごとを舐めあげられ、その熱い感触に背がぞくぞくとする。

「おまえがほしいのは……、こちらではないのか」

濡れた褲子の上、剣峰の下肢が擦りつけられた。ひくん、と翔泉の体が跳ねる。剣峰もまた熱すぎる温度を保っていて、それに心の臓がやたらにどくどくと律動した。

「な、……、っ、ん……」

敦夏との行為には、なかったことだ。彼は宦官だから、男根を持っていなかった――しかし初めて触れるはずの勃ちあがった陽物は、翔泉をたまらなく興奮させる。自分に男色の趣味はあっただろうか――いったん解き放ち、また欲を漲《みなぎ》らせた翔泉の頭では、よく考えられない。ただ触れてくる熱がたまらなくて、ほしくて。

翔泉は、手を伸ばした。

「ふ、ぁ……、剣峰、さま……、っ……」

そして腰をあげ、自ら擦りつける。布越しの感覚はもどかしくも刺激的で、体中の血液が沸騰してしまいそうだ。もっと、もっと、と翔泉は自らの腰を動かしてしまう。

「な、に……、こ、れ……、っ……」

自分はなにを求めているのか――これ以上の、限りのない快楽。深いところまで堕《お》ちていく快感。そのようなもの、翔泉は知らないはずなのに、それが手に届くところにあることだけはわかっているのだ。

「やぁ……、っ、あ、あ……ああっ！」

「淑妃……、いや、名は？」

剣峰は、翔泉の褲子に手をかける。ひと息に下ろされて、性器が外気に触れた。濡れたそれは夜気に撫でられてぞくりとし、それをなだめるように、剣峰の手が伸びてきた。

「このような……、男であるのがわかっているのに、なぜもこう、魅惑的なのか」

「ひ、……っ、……う、……、ん、っ……！」

彼の大きな手で、扱きあげられた。翔泉の欲望はどくりと大きく跳ねて質量を増した。いったん放っておきながら再びの力を得る自分がなんとも恥ずかしく、思わず腕で顔を隠してしまう。

「隠すな……、うつくしい、顔を」

はっ、と剣峰が息を吐く。吐息が唇に触れて、その熱さに翔泉は身震いした。

「淑妃……おまえの名を、教えろ」

「……翔泉」

ああ、と同時に嬌声《きょうせい》が洩れる。それをさらに促すように、剣峰の手が動く。彼の大きな、いくつもの肉刺《まめ》を感じられる手のひらは翔泉の敏感なところを擦りあげ、痛みぎりぎりの快楽を与えてくる。

「翔泉、とな」

満足げに、剣峰は息をついた。

「麗しい名だ。おまえのうつくしさにふさわしく、な」

「そ、な……、ぁ……っ……」

一見無骨な剣峰が、そのような麗句を口にするとは思わなかった。翔泉は目を見開いて剣峰を見、彼は顔を伏せてくちづけをしてくる。

「……っ、ん……、ふ、……、ん……」

息を奪われて、言葉も洩らせない。翔泉は剣峰の腕の中、弱々しい抵抗をした。逃げられないのはわかっている――それでも、組み伏せられていることをよしとするわけにはいかなかった。

「ん、や……、っ、……、ん……っ」

剣峰の、発情したような赤く染まった耳が目に入る。艶めかしい色が、翔泉を煽る。

「このまま……、もう一度達くか？」

そっと、耳もとに剣峰がささやきかけてくる。

「ふぁ、あ……、ああ、……っ……」

「達ってみろ……、もっとうつくしい顔を、私に見せろ」

耳にくちづけられる。柔らかい部分に歯を立てられ、咬みつきながら吸いあげられた。ぞくぞくっ、と痺れるような感覚が全身を走る。腰に、痙攣《けいれん》が抜けていく。

「……っあ、あ……ああ、あっ！」

どくん、と腰が跳ねた。翔泉は精を弾けさせ、生温かい感覚が腿《もも》に飛ぶ。

「っあ……、っ、……っ、……」

ひくん、ひくん、と脚が震えた。それを押さえつけるように剣峰の体がのしかかってきて、その重みに体がまた熱くなった。

「かわいらしい」

剣峰が笑う。それは低く響く、忍び笑いのような笑声だった。

「愛《う》いな……淑妃。いや、翔泉……」

「剣峰さま……、……」

掠れた声で、翔泉は応《こた》える。彼の黒の瞳と視線が合う。そこにきらめく欲を感じ取り、胸がどきりと跳ねる。彼は唇を近づけてきて、ふたりの柔らかい部分が重なった。

「ん、……っ、……」

舌がするりと入り込み、からめとられる。きゅう、と吸いあげられて背筋がぞくぞくとした。思わず手が伸びて、剣峰の背を抱きしめる。少しだけ力を込めて引き寄せると、剣峰は驚いたような吐息をついた。

「っあ……、ああ、……っ……」

「翔泉……」

彼の手が、翔泉の腿を這う。撫であげられて大きく震えて、その体を抱き込まれた。片足を大きくあげて、膝《ひざ》が腹につくような体勢だ。

「おまえを、喰《く》わせろ」

はっ、と息を吐きながら剣峰が言った。

「おまえの、奥深くまで……そう、されたいのだろう？」

「い、や……、っ……」

剣峰の言う意味がわかって、翔泉はふるふると首を振る。敦夏には痕がつくまでにさんざんに嬲《なぶ》られたとはいえ、陽物を受け挿《い》れたわけではない。初めての体験は、恐ろしいばかりだった。

「いや、です……、っ……！」

「しかし、この痕をつけた者には、抱かせたのだろう？」

逞しい剣峰の指が、するりと胸を這う。翔泉の体は、ぴくりと跳ねた。

「おまえの中を、味わわせたのだろう？　おまえの……」

「ひぃ、……っ、あ、あ！」

その指は、翔泉の体を辿った。胸から腹へ、下肢の茂みへ。何度も放ったことで柔らかく、しかし芯は失っていない陽物、そして鼠径部《そけいぶ》から双丘の谷間へ。

「ここ、を……開いたのではないのか？　そいつは」

「違い、ます……っ……」

大きく体を震わせながら、翔泉は言った。

「そこ、は……、だ、れも……っ……」

「ほぉ」

剣峰の声が、危険な色に染まった。翔泉はぎょっとして、目を見開く。

「まだ、誰も触れぬ処女雪というわけか」

彼の指が、蕾《つぼみ》の上をすべる。そこはひくりと確かに反応して、翔泉は声をあげてしまう。

それに、剣峰は眉根を寄せた。

「処女雪のわりには、いい反応を見せるな」

「や……、やめて、く、……だ、さ……」

蕾をなぞられ、爪の先が挿《はい》ってくる。そこは突き込まれたものを歓待するように開く。

敦夏のせいだ。敦夏の使う不思議な力が、すでに翔泉の体を変えてしまったのだ。

「しかし、硬い……陽物を受け挿れたのではないのか?」

「違う……、違い、ます……、っ……」

身を捩らせようとしたけれど、剣峰の腕が翔泉をとどめてしまう。抱き寄せられ、彼は指をひくつく蕾に挿入しようとした。あ、と声をあげても、先日目に見えない陽根に抉《えぐ》られたそこは、確かな質量を持って挿り込むものを受け挿れようとしている。

「そのような、こと……、して、おりません……、っ……」

「しかし、ここは……これほどに蕩《とろ》けて。なにも知らぬなどとは、言わせない」

「ひぁ、……ああ、あっ……！」

つぷり、と蕾を破られる。翔泉は怯み、しかしそんな彼の反応などものともせずに、剣峰は指を進めてくる。

「ほら……奥から、濡れてきている。ほしいのだろう？　そう、焦らすな……」

「では、なく……、っ……」

懸命に脚を閉じ、指から逃れようとする。しかしそんな翔泉の反応さえもが剣峰を煽るらしく、彼は満足げな吐息をついた。

――かつん、と音がした。

「ほぉ……このような場所で」

聞いたことのある声だ。しかしその主までは思い出せず、翔泉は首を反らせてそちらを見た。

「なかなかに、大胆だな。まわりも気にせず、乳繰り合っているとは」

「……皇上！」

声をあげたのは、剣峰だった。彼は今までの情熱が嘘《うそ》であったかのように翔泉から身を離し、その場にひざまずく。

「そちらの……男？　男か？」

目をすがめて、皇帝は翔泉を見た。胸もとはすっかり広げられていて、月夜の今日にもはっきりと翔泉が男であることを読み取れるだろう。

「宦官ではないのか……？　男が、なぜ後宮に」

「それにつきましては、私がのちほどご説明いたします」

「ふん……？」

一方の翔泉からは、皇帝の姿はあまりよく見えなかった。ただ、そのぴんと立った立派な耳、風に流れる金と銀の混じった髪――確かに、一度挨拶をした皇帝だ。

彼は、目をすがめて翔泉を見ている。翔泉は身を強ばらせたまま地面に下りると、その場に額をついてひざまずいた。

「そなたの顔、見覚えがあるな」

皇帝の声に、どきりとした。恐ろしくて顔があげられず、ただ震える翔泉の前に皇帝は膝をつき、手を伸ばしてきた。顎に指をかけられてはっとする。

「……淑妃、か？」

「あ、……っ……」

思わず声をあげた。無理やりに力を入れられて上を向かされ、すると皇帝の精悍《せいかん》な顔が

目の前にあった。形よく立った耳、つりあがった金色の瞳に、とおった鼻筋。唇はやや厚く、それにくちづけられ吸いあげられるのはどのような感覚なのか――そのようなことを、考えてしまった。

「妃が、なぜ男のなりをしている」

「それは……」

言い淀《よど》む翔泉のまなざしから、その答えを得ようとでもいうように、皇帝はじっと見つめてくる。それにたじろいでなにも言えない翔泉の後ろから、声がかかった。

「皇上。この者……淑妃のことは、私から申しあげますので。ここはお引き取りを」

「ふん」

尊大な調子で、皇帝は言った。

「ここでは明かせぬ事情でもあるというか？　そのようななりをして……」

「……あ」

そこで初めて、翔泉は自分の袍が乱れ、褲子を脱がされていたことに気がついた。剣峰に乱されたそのままに皇帝の前にひざまずいているという状況に、体の奥からの羞恥《しゅうち》が湧く。

「なかなかに、魅力的な格好ではないか」

ふん、と皇帝は鼻先で笑う。翔泉の恥じらいは、ますます大きくなった。

「剣峰。よく話を聞かねばならぬようだな。我が後宮の院子で、どういうことだ？」

「……御意」

剣峰は、深く眉根を寄せてその場にひざまずいている。彼は翔泉のほうを見なかった。そのことになぜなのかよく理解できないさみしさを感じ、しかし振り向いてくれと言うわけにもいかない。

「では、剣峰。来い。淑妃のことについては、詳しく聞かせてもらおう」

「は……」

皇帝は、顎を反らせて剣峰を促した。彼は額を地面に擦りつけて一礼し、そして立ちあがる。こちらに背を向けた皇帝のあとに、付き従う。

「淑妃」

「……はい」

いきなり皇帝に声をかけられて、驚いた。思わず顔をあげると、輝く月を背景にした皇帝がこちらを見下ろしている。その金色の瞳が、黒と金の混ざった耳と髪が、月の光に輝いてなんともうつくしく目に映った。

「そなたも、なにも問われずに終わるとは思うなよ？　そのような格好をしている理由とともに、存分にその体に聞いてくれよう」

「は……、っ……」

勢いよく、翔泉はその場にひれ伏した。ふん、と皇帝が笑う声が聞こえる。ふたりぶんの足音が遠ざかり、やがてその場には翔泉がひとり、たたずむだけになった。

「……ふぅ」

突然の皇帝の登場には肝を冷やしたけれど、翔泉が男だと気づいてなお抱こうとした剣峰の意図はなんなのか。脱がされた褌子を、力の入らない手でのろのろと穿《は》きながら、翔泉は体の奥がじわりと疼《うず》くのを感じた。

(剣峰さまが、お悪い……、敦夏さま、も)

そもそも敦夏が、翔泉にこのような悦びを教えていなければ。ぶるり、と疼く体を懸命に無視しながら衣を整え、昊《そら》を見やる。

墨で塗り潰したような闇《やみ》の中、ちりばめられた星が見える。神々しい光を放つ月が見える。あの月の存在感は皇帝のようだと思い、しかし彼は月よりは、太陽――まっすぐに見つめることなど恐ろしいほどに照り輝く強烈な存在――じっと翔泉を見下ろした視線の鋭さを思い起こしてはぶるりと身を震い、翔泉は慌てて皇帝のまなざしの記憶を頭から振りほどこうとした。

それに、こうやって皇帝のことを考えていられるのも、今夜だけなのかもしれないのだ。明日には、この首は落とされるかもしれない。むしろ、そうならないことのほうが不思議だ。なにしろ男の身でありながら、女だと偽って淑妃の座についていたのだから。妹が行方不明になったなどという理由が猶予になるとは思えない。そして瑾族にも累が及び――翔泉は新たに、別の理由で身震いをした。

金雀宮に戻ると、臥房《しんしつ》の前で銀青が立っていた。翔泉の姿を見ると、ぱたぱたと駆けてくる。

「どうなさったんですか、淑妃さま。このような時間に……」

「夜風に当たっていたの」

そう言って、銀青にはすべてを知られているのだ、今さら女言葉で取り繕う必要はないと苦笑した。

「皇帝陛下に会ったよ。剣峰さまにも」

「……皇上に？」

茶の準備をしてくれながら、銀青は眉根を寄せた。

「その格好で?」

「うん」

卓に向かって座り、翔泉は唇の端を引きつらせる笑いを浮かべた。

「俺の命も、明日までだな」

「そんな……、淑妃さま」

かちん、と蓋碗を卓の上に置きながら、銀青は眉根を寄せた。翔泉がやはり口の端を皮肉に持ちあげながら蓋を取ると、香り高い珠茶《じゅちゃ》の薫りが広がる。

「こうやって、おまえの淹《い》れてくれる茶を味わえるのも、最後かな……」

「淑妃さま……」

なおも「淑妃」と呼ぶのをやめない銀青は、その青い瞳を不安げに揺らしながら翔泉を見つめている。

「今日まで、ありがとう。驚かせてすまなかったね。おまえにお咎めがいくことがなければいいんだけど」

「そんなこと……」

茶を運んできた盆を手に、銀青はがくがくと震えている。翔泉は目をすがめて彼を見やると茶器を取りあげてひと口含み、そして空を仰ぐ。

天空には、輝く月。あの月よりもさらにきらめく太陽のような皇帝は、翔泉の処遇をどう考えているのだろう。

第三章　金と黒の皇帝

その報《しら》せは、革紐《かわひも》で繋《つな》げて巻いた竹簡によって、告げられた。

「俺……、わたし、が……更衣？」

「さようにございます」

朝餉《あさげ》のあとやってきた使いの女官は、薄紅の襦にさらに淡い披帛《ひはく》を重ね、大きな牡丹の縫い取りのある裙子をまとっていた。彼女が頭を下げると、白蝶貝を連ねて垂らした釵が、きらきらと音を立てる。

「更衣とは……あの」

「皇帝陛下の、お召し替えのお手伝いをなさるお役目にございます」

「……皇上の」

その呼び名を口にすると、ぞくりとしたものが背を走る。竹簡を受け取ったときはてっきり処刑の触れだと思ったのに、そのような役目がまわってくるとは思わなかった。

「なぜ、わたしに……?」

「それは、皇上のお決めになることです」

冷淡に、使いの女性は言った。

「更衣は、数あるお役目の中でも特に重要なもの。あなたの判断のせいで、皇上が身なりを笑われることなどがあれば、一生の恥ですよ」

「は、い……」

処刑されるのではないか、首を落とされるのではないか。怯えながらもすでに諦《あきら》めの域に入っていた翔泉は、これはなにかの罠《わな》なのではないかと考えた。おかしな衣の取り合わせをしたとして咎められて、罪になるのか。それが理由で斬首《ざんしゅ》されるのか。

しかしあの皇帝が、そのようなまわりくどい手を取るだろうか。翔泉が性別を偽っていたことを容赦なく白日のもとに晒《さら》し、刑場へと引き立てていくように思える。

「わかりましたか、淑妃さま」

「あ……、は、いっ」

翔泉の脳裏にあることなど知るよしもない女官は、叱りつけるように翔泉に言った。翔泉は神妙に頭を下げながらも、その脳裏は皇帝のことでいっぱいだ。

「それでは、迎えの者がまいります。それまで、皇上の御前に出ても恥ずかしくない装いをしているように」

「はい……」

女官が去り、翔泉は大きく息をついた。銀青はさっそく衣装房に駆け込み、翔泉の衣を整えているようだけれど、皇帝の意図のわからない翔泉はいったんは諦めておきながらも、やはり不安に駆られている。

（俺の考えつかないような、処罰を用意しておられるのか？）

銀青の手に、銀色の地に黄色と橙《だいだい》で舞う蝶を縫い取った襦を着せかけられながら、翔泉は考えた。

（どのような……俺の思いつかない……どんな、残虐な刑なんだろう）

歴史には、両手両脚を切り落とし、目を潰し舌を抜き、耳には蠟《ろう》を流し込み、厠《かわや》に放り込むという残虐な刑を好んだ皇帝もあったという。自分がそのような目に遭わされることを想像して、翔泉はぞくりとした。

「どうなさいました？　淑妃さま」

「……皇帝陛下は、そこまでお怒りなんだろうか」

また身震いをしながら、翔泉は言った。

「俺を……ただ斬首するだけでは足りなくて？　なにか……もっと残虐な罰をお考えなん

だろうか？」

「それは、わかりませんけれど」

翔泉の着つけをする銀青は、淡々としている。自分のことではないからなのか、それともそのような会話が恐ろしくないからなのか。いつもどおり、てきぱきとした手つきで沓靴をも履かせてくれた。

「でも、このたびのお召しに逆らえば、処罰を受ける。僕にも、それだけはわかります」

「それは、そうだな……」

それを思うと、もうため息をつく気も起きない。翔泉は銅を磨いた鏡の前に立ち、装いを検《あらた》める。

高く結いあげた髪、釵に差し櫛がそれを彩っている。化粧を施した顔、銀の襦に紫の絹《うすぎぬ》を幾重にも重ねた裙子。先の尖った、蝶の模様が刺繍されている沓靴。どこをどう見ても女のなりだということを、今の翔泉は喜んでいいのか、悲しめばいいのか。

「更衣のお仕事か……いつも銀青に任せっぱなしだから、よくわからないよ」

「こういうことは、慣れて覚えていくものです。皇上のお身のこなしを見ていれば、どのような色がお似合いか、どのような仕立てがお似合いか、自然にわかるものです」

滔々《とうとう》と語る銀青を前に、翔泉はため息をついた。

「銀青は、金狼族の皇族だろう？　どうしてそんな、身のまわりのことに詳しいの？」

「僕は、皇族といっても血は薄いです」

慌てたように、銀青は言った。

「皇上との血の繋がりは、直接はないですし」

「でも、能力があるから後宮に置かれているんだろう？」

「能力ったって……それに、僕だって十を越えれば、お役御免です」

「そう」

残念な思いで、翔泉は銀青を見た。

「それじゃ、ずっと一緒にいてもらうことはできないんだな。今、銀青は何歳？」

「今日首を刎《は》ねられるかもって心配なさってたかたが、僕の歳《とし》の話ですか？」

銀青の言葉に、翔泉は少しだけ忘れていた憂いのことを思い出した。思わずかたわらにあった倚子に、座り込んでしまう。

「……そうなんだよ。今日は、俺の命日になるかも」

「僕は、そう思いませんけれど」

卓の上に置いてある、竹簡をちらりと見ながら銀青は言った。

「殺すつもりなら、お役目なんて申しつけないと思いますけど。そのような、まわりくどいことをなさるかただとは思いませんが」

「そうかなぁ……」

　翔泉がため息をついたとき、先触れの声がした。翔泉は思わず飛びあがり、房の入り口に目をやる。

「淑妃さま。皇上からの、お迎えでございます」

「は……、はい……」

　よろよろと翔泉は立ちあがった。銀青がさっと歩み寄り、袖や襟を直してくれる。蝶の刺繍された唐団扇《とううちわ》を持たされ、やはりおぼつかない足取りで迎えの女官についていく。

「淑妃さま、しっかりなさいませ」

　銀青が、そっと翔泉の耳もとでささやいた。

「皇上がお怒りだとは限らないじゃないですか。むしろ、淑妃さまのことをお気に召したかもしれませんよ」

「……え?」

　どんな意図でそのようなことを言ったのか、銀青に尋ねようとした。しかしそのときすでに翔泉は女官に取り囲まれていて、楽しげにひらひらと手を振る銀青を見やることしかできなかった。

翔泉を取り囲んだ女官の足取りについていくのに、必死になった。彼女たちに遅れないように足取りの速さを整えることに夢中になって、気づいたときには紫檀の龍房の扉の前に立っていた。

「今後、淑妃さまは皇上の更衣の君として、酉《とり》の刻、朝議の前、昼餉《ひるげ》の前、夕刻、子《ね》の刻にこの扉をくぐることを許されます」

「はぁ……」

皇帝とは、それほど始終衣を替えるものなのか。翔泉も淑妃として、朝と夕にまとうものを替えさせられるけれど、それにしても五回とは。

「ああ、来たのか」

知った声がして、はっと顔をあげた。そこにいたのは剣峰で、黒地に竜胆《りんどう》の花を刺繍した長袍をまとっている。

彼の顔に、顔が熱くなるのがわかった。院子のあずまやで彼に抱かれかけたのは、まだ記憶に新しい。あのときの彼の熱を思い出すと裙子に隠れた欲望が反応しそうになるのを懸命に堪えながら、女官たちに従って剣峰に礼を取る。

「更衣の君は、こちらか」

一方で剣峰は涼しい顔をしている。まるで翔泉のことなど知りもしないといったようだ。

「案内《あない》する。おまえたちは、下がれ」

女官たちは一礼して、その場を去る。扉の前には、剣峰と翔泉が残された。

剣峰は腕組みをして、じっと翔泉を見下ろした。翔泉はたじろいで視線を逸らせたけれど、剣峰はやはり翔泉があのときの翔泉であることなど気づいてもいないかのような表情で、冷ややかに言った。

「皇上がお呼びだ。さっそく、龍房へ」

「はい……」

足を踏み出した剣峰に従って、龍の彫りのある扉をくぐる。廊を歩いている間、翔泉の心の臓はどくどくと鳴りっぱなしだった。銀青はあのように言っていたけれど、この先にあるのは翔泉を縛りあげる縄か、首を断ち斬る大剣か。そう思うと脚は震え、剣峰との距離が離れてしまう。

「早くしろ」

「は、はいっ！」

以前、龍房に入ったときと同じく、一枚の絹《うすぎぬ》の向こうに玉座がある。翔泉は、はっと息を呑んだ。座っているのは、金色の毛並みの耳に、金と黒の混ざった髪の隆々たる男。

間違いなく、皇帝陛下だ。

「更衣の君……淑妃を、お連れいたしました」

「待ちかねたぞ」

低い、ややしゃがれた声で皇帝は言った。

「朝議が始まってしまうではないか。そなたは、予を遅参させる気か？」

「そのようなわけでは……、申し訳ございません」

その場にひざまずき、床に額をつけて翔泉は挨拶をする。皇帝は気怠《けだる》げな声で、顔をあげるように命じてきた。

「早くしろ。朝議の衣装だ」

「は、い……」

房には五人の女官がいた。彼女たちに導かれるままに衣装を収めてある棚に近づき、朝服となる袍に褲子、そして帯の取り合わせを選んでいく。

（このようなこと……慣れていないのに）

翔泉はそもそも瑾族の貧しい家の出であるうえに、男だ。衣装への興味など持ったことはない。銀青の腕を見て多少は色合いや刺繍の取り合わせなどを覚えたものの、更衣の君などという重役にふさわしいとは思えないのだ。

「あの……、こちらを」

皇帝は玉座に座ったまま、じろりと目だけを翔泉に向けた。その金色の瞳の鋭さに身をすくませながら、翔泉は選んだ衣を皇帝に差し出す。

「……ほぉ」

どこか、感心したような調子で皇帝は言った。

「紫に、金か。そこに白の彩り。なかなか、風雅な趣味をしている」

「あ、あの……」

褒められたらしい。翔泉はなおも震えたまま、女官たちが翔泉の選んだ衣を手に、立ちあがった皇帝に着つけるのを見やっていた。

（……あ、っ……）

小袖一枚になった皇帝は、その体の隆々としたさまがよくわかった。見あげるばかりの身長に、筋の浮いた太い首、広い肩幅。小袖の合わせから見える胸筋の逞しさ。腕にも筋肉がついていて、その手は剣峰のそれ以上に肉刺ができていて硬そうで、騎乗の鍛錬を欠かさないのだということが知れた。

翔泉は、思わずそれに見とれた。女装をしても一部の者にしか気づかれない自分の華奢な体とは、なんという違いだろう。これこそが、男と呼ばれるべき者の姿態――翔泉は思わずぽかんと皇帝に目を注いでしまい、その金色の瞳と目が合った。

「自分の選択に、見惚《みほ》れているのか？　そのような、もの欲しげな目をして」

「も、っ……！」

思わず翔泉は声をあげ、一歩退いた。皇帝はくすくす笑っているが、翔泉の頬は熱くなるばかりだ。

「そら、存分に見ろ」

女官が革帯の結び目を腰の後ろに作り、更衣が終わったことを告げたときに皇帝は言った。

「おまえの選んだ装いだ。どうだ、似合うか？」

「よく……お似合いに、ございます」

確かに、紫と金、白の装いは皇帝によく似合っていた。しかしその立派な耳、艶やかな髪、隆々とした体にはどのような衣でも似合うだろうと思わせた。たとえ農夫の装いをしていても、彼が皇帝であることは一見してわかるだろう。

「ふん」

唇の端を持ちあげて、皇帝は翔泉を見下ろした。そしてばさりと袍の裾を翻す。

「ゆく」

「御意」

両手を顔の前で合わせ、頭を下げたのは剣峰だった。彼は手をほどいて靴音を立てる皇帝に従い、女官たちもそのあとに続いて、残されたのは翔泉だけになった。

「……は、ぁ……」

とりあえず、粗相はしなかったらしい。縄で縛られることも首を落とされることもなかった。皇帝は翔泉をただあたりまえの更衣として扱い、それ以上のことはなにもせず、なにも求めなかった。

（あのとき……、のは、本当は、皇帝陛下じゃなかった？）

院子のあずまやで、剣峰に抱かれかけたとき。あのとき現れた男は皇帝だと思ったのに。あれは双子の兄弟かなにかで、別人だったのだろうか。翔泉は、そこまで考えた。

（……そんなこと、あるはずない……）

いくら似ていても、あの圧倒的な存在感までが似るはずはない。影武者という言葉を聞いたこともあるけれど、去っていった彼の威圧感までが同じということはないだろう。

（お怒りに、なっていない……？）

そんな、まさか、と翔泉は自分に都合のいい想像を打ち消そうとした。

（俺が……女のふりをしていることを……見逃してくださる？）

なぜだ。なんのために。即刻でも取り払うべき、ありうべからざる存在であるはずなのに。なぜ皇帝は、翔泉を更衣に指名しておきながら歯牙《しが》にもかけないのか。

（どうして？　それとも、なにか別のお考えがあって……？）

もちろん皇帝が翔泉のことを気にかけないというのなら、それに越したことはない。しかし妃が男であるという問題を放置しておくとは思えないのだ。

（いったい……、俺は、どうなるんだ……？）

胸に手を置き、どく、どくと鳴る心の臓を押さえたまま、翔泉は固唾を呑んだ。自分の運命は、ただ引き伸ばされただけなのか。それならいっそ、早く首でもなんでも落としてほしい——そんな切羽詰まった思いを抱きながら、翔泉はその場に立ち尽くした。

□

更衣の君としての務めに就いて、七つの曜日がひと巡りしたころ。それは子の刻、皇帝の就寝前の着替えの手伝いのために、龍房に向かったときだった。

あとは眠るだけなのだから、わざわざ更衣の君を呼んでまで着替える必要などないのではないか。それは庶民の翔泉の浅はかな考えで、いつ寝首を掻かれるやも知れない皇帝たる身、敵襲に遭ったときに見苦しい格好はしていられないということらしい。

皇帝の臥台も驚くほどに小さく、それは横になって眠らないからだ。いつも右手のそばには剣を置き、半身を起こして眠る。だから大きな臥台は必要ないのだ。

（……皇帝でなくて、よかった）

そのようなことがあるはずはないけれど、夜には下がる女官たちの代わりに、黒い帯を皇帝の腰に締めながら翔泉は思った。

（眠るときにまで、気をつけなくてはいけないなんて……それでは、ぐっすり眠ることもできないだろうに）

しかし皇帝が眠そうにしているところなど見たことはない。今もこれから眠る者の気配など感じさせず、着せつけているのが絹の夜着でなければ今から職務に向かうのかと思うくらいだ。

「どうした、淑妃」

「は……、……！」

帯の締めかたが緩かっただろうか。鋭い声をかけられて、翔泉は我に返った。

「なにを考えている？」

「いえ……」

正直に言っていいものだろうか。しかし皇帝相手に失礼に当たらないだろうか。迷う翔泉の顎に、力強い皇帝の手がかけられた。

「……あ」

「このかわいらしい頭で、どのような生意気なことを考えているのだ？」

「生意気……、な、どと……」

皇帝に触れられることに恐れをなして、視線を泳がせる。まなざしの中に、房の隅に立つ剣峰の姿が映った。

「予に楯突《たてつ》くことでも考えているか？　それとも、剣峰のことが気になるか？」

「そ、のような……、こ、と……」

唇が震える。そこを、皇帝の指がすべった。翔泉は、びくりと反応してしまう。普段は意識しない部分に触れられて、感じる――それは不本意ながら、敦夏に教え込まれたことだ。そして今は、皇帝に対する畏怖《いふ》と剣峰の名を出された怯えに、ことさらに敏感になっている。

「剣峰を魅了した体だ。一度、予にも味わわせろ」

「皇上……！」

はっと気がついた。皇帝の頭の凜々《りり》しく立つ耳の内側が、赤く染まっている――あのときの剣峰と同じだ。その色は、目にするだけで翔泉の体の中をもかきまわす。どくっ、と腰の奥が甘く疼いた。

「来い」

皇帝は手を伸ばし、翔泉を抱きあげた。背と両膝の裏に腕をまわされ、抵抗することもできずに運ばれて、そして皇帝の体にはいささか小さすぎるであろう臥台に組み伏せられた。

「な……、皇上、お戯れ、は……！」

「紅雷《こうらい》だ」

仰向けにさせられた翔泉の上に、皇帝が全身で影を作る。彼の逞しい腕は翔泉を囲う檻《おり》のようで、翔泉は逃げることもできない。

「紅雷と呼べ。そなたには、特別に許す」

「そ、ん……な、……」

諱《いみな》を呼ぶなど、畏れ多いことを——しかし注がれる金色の瞳は薄く笑っていて、翔泉の戸惑いを楽しんでいるようだ。

「紅雷だ。呼んでみろ」

「お許しください、その、ような……」

「言えぬのか。翔泉」

名を呼ばれて、びくりとした。皇帝――紅雷は微笑むと、唇を寄せてくる。

「ん、……っ、……」

くちづけられた。肉厚な唇は熱く、翔泉の唇を包み込んでくる。

「……、っ、ん……、っ……」

体を捩って逃げようとしたけれど、鍛えられた腕に拘束されて身動きもままならない。そのまま強く吸われ、引き出された舌をからめとられて、思わず淡い声が洩れる。それに満足したかのように紅雷は、舌を絡めたまま低く笑った。

「男の唇も、このように柔らかいのだな……」

嘲笑《あざわら》うように、紅雷は言った。

「舌も、これほどに艶めかしくて。男だと見て、知っていなければ、確かに女と見まごうな」

「や、ぁ……、っ……」

なおも彼は、翔泉の舌をもてあそぶ。じゅく、じゅく、と濡れた音がした。その音もが背をぞくぞくと震わせて、翔泉は紅雷の腕の中で、何度も大きく身震いした。

「なんだ、この程度で反応するのか?」

小さく、彼は舌を咬んでくる。その痛みさえもが愉悦となって、体を走り抜けるのを止

められない。

「ひ、ぅ……、ぅ」

「このようなところで感じていては、のちのち堪えきれないぞ？」

嘲笑うように言う紅雷は、咬んだ痕を舐め、翔泉の舌を口腔に収めては吸いあげる。きゅっと根もとまで吸いあげられて、ぞくりと体中に悪寒が走った。

「それだけ、敏感な体だということか……？」

紅雷は、満足そうに舌なめずりをした。そのとき彼の舌が唇に触れるのにさえも感じ、翔泉はふるりと身を震わせた。

「愛いやつ」

満足げに紅雷は笑って、翔泉の唇を舐める。ぴちゃ、ぴちゃ、と音がしてそれも背を這ってぞくぞくとした感覚が走る。

「ここが、感じやすいのか？　それとも……」

「あ……、っ、……！」

紅雷の手が、翔泉の衣の合わせに入り込む。そのごつごつとした指先が胸に触れ、そこに微かに硬くなっている部分に触れた。

「ふふ……もう、感じているようだな」

艶めいた声で、紅雷がつぶやいた。その呼気がふっと首筋に触れ、翔泉はびくりと体を跳ねさせた。

「ここを……このようにして」

「いぁ、……あ、ああっ！」

紅雷の指が、乳首をいじる。ぐりぐりと押され、その刺激が腰の奥にまで響く。翔泉は身を捩り、しかし紅雷の力の前に抵抗などできるはずがなかった。

「や……、っ、な、ところ、……っ……」

「ここが、感じるのだろうが」

両の手が胸に触れ、乳首を両方同時にいじられた。つまみ、潰し、捏《こ》ねるように揉まれ、自分にそのようなものがあると意識すらしたことのなかった場所が、どうしようもない性感帯になる。翔泉を狂わせる敏感な場所になる。

「もっと嬲ってやろうか？」

はっ、と翔泉は熱い吐息を洩らした。そのような場所、感じるような部分ではないのに。それなのに、裙子の下の自身はすでに勃ちあがっている。刺激を求めて疼いている。

「ここを……女のように腫《は》れあがらせてやろうか？　ここへの刺激がなくては、達けないくらいに徹底的に……そなたの体を、変えてやろう」

「い、や……、っ……！」

翔泉は、思わず声をあげる。同時に相手は皇帝で、逆らうことなど許されないのだということを思い起こす。翔泉は体を強ばらせ、ぎゅっと唇を噛んだ。

「頑《かたく》なな反応は、見ていて面白くない」

むっとした口調で、紅雷は言った。不興を買ってしまったかと目を見開く。しかしその目に映ったのは紅雷のにやりとした笑い、そしてより艶めかしく赤く染まった耳だった。

「そのような余裕、なくしてやる。そなたが、皇帝の前だろうがなんだろうが乱れ喘ぐように……本当のそなたの、色っぽい姿を見せてみろ」

「やぁ、あ……、っ、……！」

紅雷の手は、なおも翔泉の胸を這っている。指の間に乳首を挟み、くりくりと根もとを擦りあげてきた。

自分の目には映らないけれど、そこは真っ赤に腫れあがっているだろう。紅雷の言うように、女のように――喘ぎを洩らし身をくねらせている格好は、まさに組み敷かれて乱れる女そのものだ。

「んぁ……あ、あ……っ……」

大きな手が、襦の胸もとを開く。平たい胸が紅雷の目の前に露《あら》わになる。翔泉は思わず彼の視線を追い、自分の胸にある真っ赤に染まった乳首と、そして薄くはなっているが点々と散る桜の花びらのような痕に気がついた。

「ほぉ……」

それを目にして、紅雷は怒るのかと思った。しかし彼はにやりと口の端を持ちあげ、その瑞々《みずみず》しい唇をぺろりと舐めた。

「未通ではない、ということか」

「あ、の……」

「誰だ？　そなたの体を開いたのは」

「……れ、は……っ、……」

はっ、と荒い息が洩れた。紅雷の目は房の隅に向き、そこに立っている人物に声がかかる。

「剣峰、そなたか？　おまえは、この……翔泉の体を開いたのか？」

「残念ながら、私ではありません」

いささか不満げな声で、剣峰は言った。

「私は、途中で逃げられましたから。そのときすでに、この者の体は触れられることに慣れておりました」

「ほぉ……」

紅雷にじっと見つめられて、翔泉はたじろいだ。その痕をつけたのは敦夏だ。敦夏が咎めを受けることがあれば――自業自得といえばそうだけれど、みすみす皇帝の怒りに触れるのを見るのは気持ちのいいことではない。

「それでは、面倒なことがなくていいな」

てっきり、翔泉の体に痕を残した者を罰するも辞さないと思ったのに。紅雷は楽しそうに自分の唇を舐めた。それがまるで獲物を前にした肉食獣のようで、翔泉は思わず息を呑む。

「咲かぬ花を、無理やり咲かせるのは面倒だ。こなれた体を深く開かせるほうが、よほどに楽しい」

ひくり、と翔泉は咽喉を引きつらせた。敦夏に目覚めさせられ剣峰に組み敷かれたとはいえ、翔泉の体は花開いてはいない。

男同士とはいえ、どのように繋がるか知識として翔泉も知らないわけではない。しかしそれが具体的にどのような行為なのか、翔泉の身になにが起ころうとしているのか。翔泉は、なにも知らないのだ。

「さて、そなたは……どれほどに熟れた花なのだ？」

「そ、んな……、っ……」

熟れてなどいない。翔泉の体はあくまでも男で、女のように花開くことなどない。それなのに、紅雷はなにを求めているのか。翔泉の体にどのような期待をしているのか。果たして自分の体が、皇帝を満足させられるのか。

不安に翔泉は首を反らせて剣峰を見、しかし彼は腕組みをして柱に寄りかかっているだけで、目を閉じてしまっているようだ。

そんな彼に見捨てられたように感じ、しかし彼もまた翔泉を組み敷いたひとりなのだ。そんな彼を頼るのは間違っているだろう。

「どこを見ている」

「……、あ、……っ」

ぱん、と頬を張られた。翔泉は紅雷を見あげ、すると彼はじっとこちらを見ている。その耳を染める欲情の色、金色の瞳からしたたるような欲望は翔泉の全身に沁み渡り、翔泉は何度もぞくぞくと体を震わせた。

「予に……皇帝に抱かれるのだぞ？　嬉しそうな顔のひとつでも、してみろ。予を悦ばせるようなことでも言ってみろ」

「そ、んな……、っ……」

閨の睦言《むつごと》など、知らない。翔泉は妹の身代わりであり、皇帝の閨に侍る前に後宮から出るはずだった。しかし、今このような——なぜ。

張られた頬は、軽く叩《たた》かれただけだった。微かな痛みの広がるそこに、紅雷の唇が寄せられる。ちゅく、と音を立てて吸われ、ぞくぞくと悪寒が伝いきた。

「ひぃ、あ……っ……」

その震えは背中を伝い、裙子に隠れている下肢に流れ込む。潜む欲望が、じわりと濡れて勃ちあがり始めたことに気づく。それを紅雷の目から隠したくて、翔泉は身を捩った。

「隠さずともよい」

にやり、と肉を喰らう獣のような表情で、紅雷は言った。

「そなたが、反応していることはわかっている……これから、その程度ではない。気の狂うほどに達かせてやる」

そして彼は、また唇を舐めた。翔泉はますます、自分がとらわれの小動物でしかないことを自覚せざるをえない。

「このようなところで、これほどに感じられるのだからな」

「ひ……、っ、……!」

紅雷の手が、胸を這う。ざらりと撫であげられて、勃ちあがった乳首からずきりと疼痛《とうつう》のような快感が走る。翔泉は身を震わせ、その肩を紅雷がぐっと押さえる。

「その、紅い痕が……どこまで続いているか、見せてもらおう」

敦夏は、宦官だ。だから挿入する陽根がない代わりに、執拗《しつよう》なほどに翔泉の体を愛撫した。翔泉がこれ以上放つものがなくなり、ひくひくと腰が揺らめくだけになっても、なおも高めた。

彼の唇がどこを這ったかなど、覚えていない。胸、腹、下半身に、臀《しり》、腿。翔泉の思いも及ばないところにまで唇を押し当てられて吸いあげられて、自分の体がどうなったのかさえもわからないほどに溶かされたのだ。

「こちらを見ろ。翔泉」

紅雷はそう言うと、いきなり翔泉の襦を引き破いた。絹の破れる音がする。腰帯はさすがに破れなかったけれど、上半身がすべて露わになってしまう。臍のまわり、帯の奥に至る下腹部まで点々と紅が散っていて、その恥ずかしさに翔泉は目を逸らしてしまった。

「こちらを見ろと言っただろう、翔泉」

繰り返した紅雷は、翔泉の腋を撫であげる。肌はざらついた手の感覚をより敏感に感じ取り、翔泉は裏返った声をあげる。

「予を、見ろ。おまえの体を蹂躙《じゅうりん》するのが誰なのか、予が何者なのか……そなたの体で、よく覚えておくといい」

「や、ぁ……、っ……」

何度か脇腹を撫であげた紅雷は、腰帯の紐に手をかける。その骨張った手からは想像できないくらいに器用に花の形に結んだ節を解き、ぎゅうぎゅうと締められていた翔泉の腰を楽にしてくれる。しかし解かれた帯は、臍のまわりの痕、淡い下生えをも露わにして、翔泉に新たな羞恥を覚えさせた。

「男の裙子を剝《は》ぐとは……なかなかに、興奮するものだな」

にやり、と危険を感じさせる笑みとともに、紅雷は言った。

「その下に、なにがあるかと思うと、な。男を抱くのは初めてだが……」

「ひぃ、……、っ、あ、あ！」

紅雷は、乱暴な手つきで翔泉の衣をすべて剝ぎ取ってしまう。臥台の上、真っ裸になった翔泉は思わず下肢を両手で隠したが、それよりも紅雷の手がすべってくるほうが早かった。

「なにを隠す」

にやり、とやはり肉食獣の笑いを潜めて紅雷は言う。

「なにもかも、すべて見せろと言っただろうが。予に逆らうのか？」

「そ、な……、つもり、じゃ……」

　無理やり引き剥がされた手を摑まれ、引きあげられる。勃ちあがり、先端からしずくをこぼしている翔泉の陽根はなに隠すものもなく、紅雷の目の前に晒された。

「ほぉ……」

　翔泉は、ぎゅっと目をつぶった。全身を、紅雷に見られている。その羞恥から少しでも逃げたかったけれど、翔泉にできることはそれが精いっぱいだった。

「なかなかに、そそる」

　赤い舌が、唇を舐める。

「女よりも、白い肌に……紅い痕。このようにかわいらしい陽根で、女を抱くことなどできるのか？」

「や、っ……」

　女を抱いたことなどない。それも合わせて、自分が男として欠陥品であることを知らしめられているかのように感じて、翔泉は何度も身を震った。

「泣くな……同じ泣くのなら、喘ぎ声を聞かせろ」

「泣いて、など……」

　紅雷の手が、頬の稜線《りょうせん》に這う。なにごとにも大胆に、乱暴だった彼の優しい手つきに驚いて目を開けると、その美々しい顔が近づいてくる。金色の瞳にとらえられて、もう目を閉じることもできない。

「ん……、っ……」

その、肉厚の唇に口を塞がれる。ちゅく、と吸いあげられ、すると全身にびりびりと痙攣が走る。勃ちあがった自身がわななき、新たな蜜液をこぼすのを感じる。

「っ、ふ……、ぁ……っ、……」

舌をからめとられ、強く吸いあげられる。薄い翔泉の舌は簡単にもてあそばれて、息もできない。その隙に紅雷の手は翔泉の下肢に這い、硬く勃った男根を摑み、上下に荒々しく扱き始めた。

「やぁ、……ああ、あ……ああ、あ、あっ！」

くちづけをされているので、ちゃんと呼吸ができない。声があげられない。紅雷の腕の中で翔泉は喘ぎ、しかし彼の力強い腕は翔泉の抵抗などものともしない。

「ひぅ、う……、ぅ、……んん、ん……っ……」

限界は、あっという間に来た。腰の奥がどくりと跳ねて、紅雷が握っている自身から白濁が飛び散る。それは今まで焦らされた衝撃とともに大きく飛んで、翔泉の胸もとにまでしずくを飛ばした。

「……っあ、……や、あ……っ……」

はぁ、はぁ、と息をする。目の前が真っ白になって、なにも見えない。それでも紅雷は翔泉を休ませる気などないらしく、いったん萎《な》えて芯を失った欲望を、なおも刺激している。

「一回などで、満足はできないだろう？」

じゅく、じゅく、と濡れた音を立てながら、紅雷は言った。

「二度、三度……何度でも達くといい。そなたの絶頂の顔は、うつくしい」

「っ……、い、……っ、……っ……」

胸が大きく上下に跳ねる。心の臓がやかましいほどに脈打っている。そのうえで立て続けに下肢を扱かれ、籠《こ》もった熱を吐き出させられる。紅雷は言葉どおりに、三度続けざまに翔泉を絶頂へと導き、翔泉の下半身は白濁にまみれた。それをすくい取っては擦りつけ、紅雷はさらにぐちゃぐちゃと音を立てながら翔泉を苦しめる。

「や……、っ、あ……、っ……」

女のように、執拗に乳首をいじられて――とめどなく、男の徴をもてあそばれて。翔泉の脳裏は混乱する。自分は女なのか、男なのか――襦をまとい化粧をして、胸で感じさせられる女に変えられたと思えば、男の欲望を自覚させられる。

「っあ……、っ、あ……、ああ、っ……」

紅雷は、どちらの自分を愛でたいのだろう。それさえもわからず翻弄《ほんろう》されて、重ねられた唇に呼吸をすることも許されずに、まるで水から揚げられた魚のように何度も懸命に息を吸って。

頭の中が、真っ白になる。なにも見えず、なにも聞こえず、翔泉はむやみに手で空《くう》を掻いた。その手を、がしりと取った力強いものがあった。

「ここだ」

低い声の主は、翔泉の手を自らの両脚の谷間に導く。何度も精を放って力なくうなだれている、欲望の先——臀の間に、指先が触れた。

「や、……ああ、あっ！」

「この奥だ。それだけ達ったのだからな。さぞや、濡れていることだろう」

確かにそこは、したたる白濁で粘ついている。紅雷は、蕾のまわりをくるりと指先で撫でた。そのような感覚は初めてで、翔泉は思わずびくりと身を跳ねさせてしまう。

「知らぬわけはないだろう？」

ふっ、と紅雷の吐息が翔泉の唇にかかる。野生の匂《にお》いだ。食事を求める肉食獣のため息だ。

「ここに、予のものを受け挿れるのだ。この処女雪は……予のためにあると思ってもよかろうな?」

「れ、……、っ、は……」

紅雷の指先で緩み始めている蕾は、しかし受け挿れるためにあるのではない。つぷりと突き挿れられてびりっと走ったものに翔泉は目を見開き、そこに映る紅雷は、にやりと笑って指先を蕾に突き込んでくる。

「ひぁ、……、ああ、あっ!」

なにかを挿れられることなど初めてだ。ましてや、紅雷の骨張った指など。ひっと息を呑む翔泉は、紅雷の爪、指先、その先端がゆっくりと挿ってくるのに気がついた。

「ああ、あ……っ、ん、っ、ん!」

「そなたがよがる顔は、いいな。痛みを堪える顔も悪くない……」

「……っ、ん、……ん、んっ!」

紅雷の指が、中ほどにまで進む。ぐっと押された部分――そのような場所に触れられたことなど、ない。その衝撃は大きくて、翔泉は咽喉を引きつらせた。

「いや……、ぁ……、っ……」

「こんなにきつくて……これはこれで、かわいらしい」

楽しげに、紅雷は笑った。第一関節ほどまでが埋められる。紅雷は中で、探るように指をうごめかせ、翔泉は大きく目を見開いた。

「……っ、ん、な……、とこ、ろ……」

「ふん」

嘲笑うように、紅雷は言った。

「ここで反応するそなたが、かわいらしいのではないか」

きつく絞まったそこを緩めようとするように、紅雷は指をうごめかせる。くちゅくちゅと小さく音がしているけれど、今までの快感とは違い、それは翔泉をもどかしくさせるばかりだった。

「や、ぁ……、……、っ、あ、あ!」

「もう、出すものもないか?」

第二関節あたりまでを翔泉の蕾に呑み込ませながら、紅雷は唇を舐めた。

「感じているのだろう……? もっと太いものが、ほしくはないか?」

「や……、ん、な……、壊れ、……る……」

翔泉は、いやいやをするように首を振った。子供のような仕草だけれど、構っていられない。身を捩っても紅雷の強い手に阻まれ、秘所を刺激してくる指に翻弄されるばかりだ。

「ひぅ……、ん、ん……、っ、……！」

紅雷は、秘所に突き込んだ指をぐるりとまわす。すると刺激される位置が変わり、翔泉はまた声をあげてしまう。紅雷に抱かれることはおろか、体を見せるのも初めてなのに、彼はまるで翔泉の体を知り抜いているかのように的確な場所を突いてくる。そこを刺激されるたびに翔泉は啼き、嬌声を洩らし、自分の体の感覚までもが曖昧《あいまい》になってしまう。

「や、……、っ、あ……、皇上、……っ……」

「紅雷と呼べと、言っただろうが」

ずん、と深くまで指を突きあげながら、紅雷が言った。すでに緩くしか勃ちあがっていない翔泉自身から、幾粒もの白濁した涙がこぼれ落ちる。それが幹を伝って落ちるのにすら感じ、翔泉はしきりに身を捩った。

「わからぬ身には……仕置きが必要か？」

「や、ぁ……、っ、ん……、っ」

これ以上の仕置きがあるというのか。翔泉は、涙に霞《かす》んだ目を見開く。紅雷はそんな翔泉を視界に入れて目をすがめると、一気に二本、突き込んできた。

「い、ぁ……、っ……、……っ、っ！」

敦夏に抱かれたときとは違う——形あるものを受け挿れるというのは、これほどに感覚の違うもの——そして快楽なのか。指は、内側でてんでに動いた。内壁のあちこちを擦られ、突かれては押し潰され、まるで全身が性感を受け止める神経ばかりになってしまったかのようだ。

「やぁ、……め……、っ、……」

「しかし、ここはいやがっていない」

じゅく、じゅくと中をかきまわしながら紅雷は言った。

「ほら……予の指を、呑み込んでいくぞ？　中へ、中へと誘ってやまぬ」

「んな、こ……、と、……、っ……」

腰を捩って、翔泉は叫ぶ。しかし紅雷の言葉を否定はできなかった。敦夏に与えられたのとは、また違う愉悦——そして紅雷が、指二本などとは比べものにならない陽物を持っていることはその体格からも明らかだ。彼が、それを突き込もうとしている——そう思うと、下肢がぞくりと震えた。

「期待しているな」

にやり、と魔神めいた笑みを浮かべて、紅雷は言った。

「予のものを受け挿れて、よがり狂いたいと……そのときを、待っているのだろう？」

「や……、ちが、違う、……っ……」

敦夏の責めなどは比にならない、紅雷の欲望に——紅雷が楽しげにそう言うものだから、翔泉には期待よりも恐怖が先に来た。半ば無意識に逃げようと、腰を捻る。するとじゅくりと音がして、二本の指が抜け出てしまう。

「剣峰」

紅雷が呼んだ名に、翔泉はゆるりと顔をあげた。涙に曇ってよく見えないけれど、柱にもたれていた剣峰が、こちらにゆっくりと歩いてくる。翔泉の媚態《びたい》になにも感じていないのか、それとも皇帝の前であるからなのか。無表情で、紅雷のかたわらに立った。

「緩めてやれ。そなたも、この者を手に入れ損ねたのなら……未練があるだろう」

「御意」

やはり、なにを考えているのかわからない表情で、剣峰は床に膝をついた。しとどに濡れている臀を押し開くと、ためらいなどみせずに蕾に舌を這わせた。

「やぁ……、っ、……、ぅ……！」

ぴちゅ、ちゅくり、とあがる音は聴覚からも翔泉を犯した。剣峰は翔泉の両脚の間に顔を埋《うず》め、大きく脚を開かせている。それを目をすがめて見つめていた紅雷も、翔泉の体に触れてくる。そして顔を伏せると、芯を持ち始めている翔泉自身に口を寄せた。

「い……、っ、あ……ああ、あ……！」

後孔を舐めあげられる刺激と、自身を吸いあげられる快楽。それらが相まって、翔泉の脳裏はかき乱されたかのようになにも考えられなくなり――もう何度目になるかわからない吐精を果たした。

「……っ、う……、っ、……ぅ……」

しかし、男たちの攻めは止まらない。ふたりはそれぞれ舐めあげ、吸い、本気で翔泉を狂わせようとしているかのようだ。

「や、……っ、……も、……う、っ……」

弱々しい声で、翔泉は叫んだ。

「だ、め……、れ、いじょ……、だ、……め……」

「それでは、どうしてほしい？」

翔泉自身を含んだまま、紅雷が尋ねる。

「そなたは、ほしがっているではないか？　これほどに反応して……悦んでいないとは言わせぬぞ」

「ちが、……、違い、ま……す……」

はっ、と荒い息を吐きながら、翔泉は叫ぶように言った。

「違、っ……、こ、んな……、っ……」

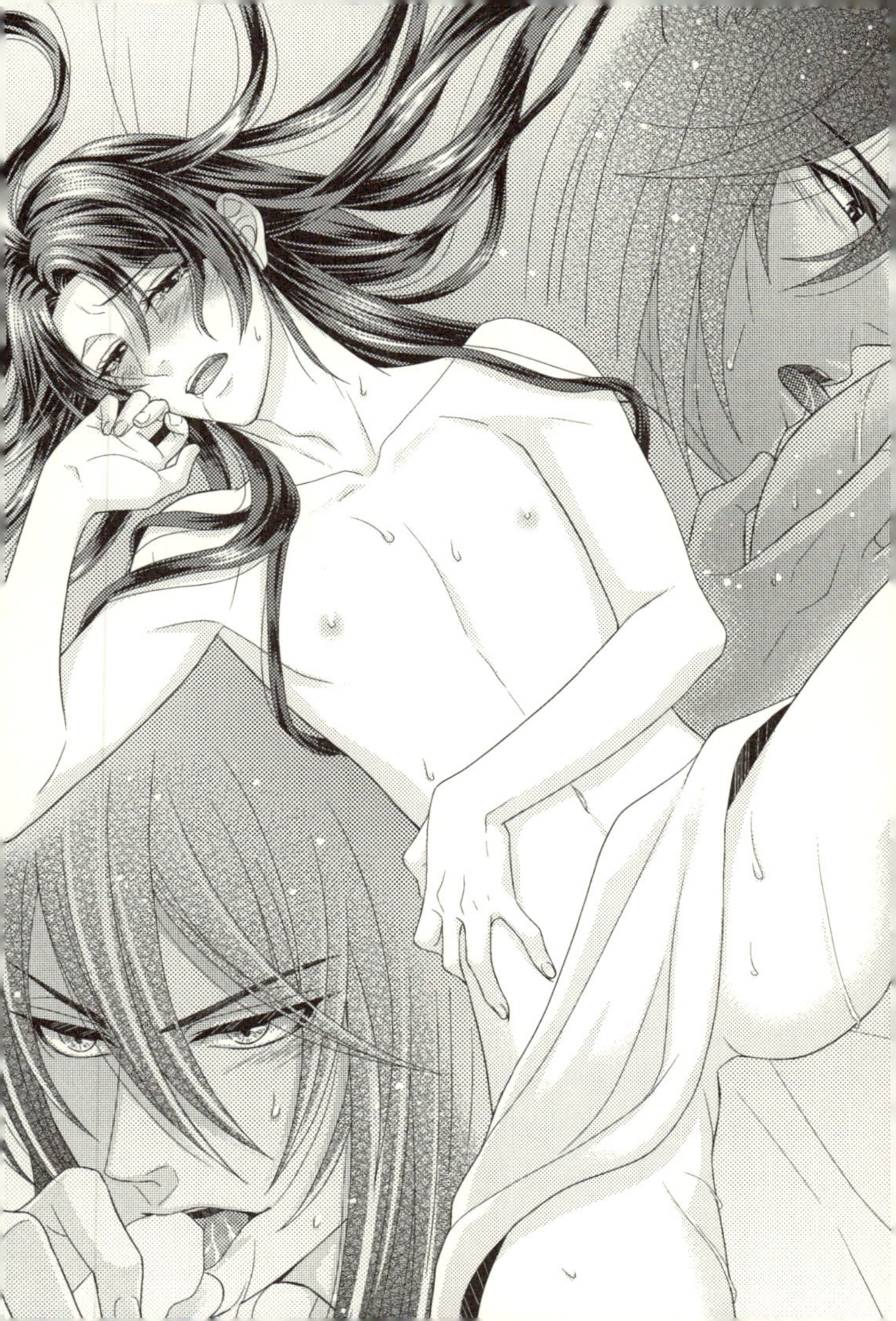

ふと、愛撫がやんだ。紅雷も剣峰も体を起こし、翔泉は体中、淫液と唾液《だえき》にまみれたまま臥台の上に放り出される格好になった。

「や、……っあ、……っ……」

「違うと言ったな」

にやり、と紅雷が微笑んで言う。

「そなたは、これを望んでいないと……？　予の与えるものなど、いらぬと言うのだな」

「……っ、あ……、っ……」

責め苦のような快楽から逃れられた安堵はあった。しかし、体の奥が疼いている。吐き出すものはすべて吐き出したはずなのに、それでもなお、腰が揺れる。なにかを求めて、全身がわななないている。

「や、……ぁ……、っ……」

「愛いやつ」

孩子《こども》でもあやすように、紅雷が言った。

「そのままに、しておいてやろうか？　自分で、どれだけでも好きにするといい。予らは、そなたには不要なようだからな」

「いや……、ちが、……、ぅ……」

「なにが違うと言うのだ？」

「違う、ち、……っ、……ぁ、あ……」

もぞもぞと、臥台の上で身を揺すりながら翔泉は呻いた。

「ああ、皇上……、っ……」

「紅雷と呼べと、言うておろうが」

ふっ、と呆れたようなため息ののち、紅雷が近づいてきた。与えられる――どくん、と翔泉の心の臓が脈打ったのは、恐怖か期待か――。

紅雷は、彼の指と剣峰の舌が蕩かせた秘所に、濡れたものを押しつけてくる――彼がいつの間に褲子をくつろげたのか、翔泉は気づいていなかった――ぐちゅ、と音がして、熱いものが蕾の媚肉を押し拡《ひろ》げる。

「ひぁ、あ……ああ、ああっ！」

「処女雪であるのは、確かなようだな」

満足げに、紅雷が言った。彼はそのまま腰を進める――濡れそぼった先端から、広がった傘の部分に。蜜肉は初めての挿入を拒もうとしたけれど、紅雷はその抵抗をも楽しむように、ずく、ずくと腰を進めてくる。

「敦夏のやつ。捨て置けぬな」

「あ……、敦夏さま、は……っ……」

敦夏が咎めを受けることがあってはならないと、翔泉は思わず声をあげかけた。と同時に、ずくん、と深くまでを貫かれる。

「あ、あ……ああ、あ……っあ！」

「敦夏に、気を寄せるか？」

まるで嫉妬《しっと》した男のように、紅雷は言った。

「あの者を、慕っているのか？」

「いや、……、ち、が……、ぅ……」

ああ、と嬌声をあげながら、翔泉は答えた。翔泉の弱みを握り、この身を好きにした――宦官。不思議な力で翔泉を翻弄した男。慕っているなどとはとんでもないけれど、しかし罰を受けるようなことがあっては、翔泉の寝覚めが悪い。

「おまえが懸念することはない」

「い……、ぅ、っ……、っう、ん、んっ！」

紅雷の欲望が、感じるところを擦る。翔泉は身を跳ねあげ、反った胸に触れたのは剣峰だった。彼は勃ちあがった乳首に触れて、きゅっとつまむ。それが突きあげる紅雷の動きと相まって、翔泉はさらに喘ぎを立てた。

「あれは、予の直属だ。そうだな、腹心と言ってもいい」

「だ、から……？」

かきまわされ乱されて、それでも翔泉は、必死に言葉を紡いだ。

「だから……俺、を……？」

「なんだ、気がついていなかったのか？」

ひぅ、と翔泉は声をあげた。紅雷が翔泉の腰に手をかけて、何度も前後に揺すったのだ。そのたびに感じる場所を突かれ、だらしなく開いた翔泉の唇を、剣峰が舐めた。

「ん、……く、っ……、……」

「そなたが男であることなど、最初に見たときから見抜いていた」

「……っ！」

射貫かれ、深くを抉られたまま翔泉は目を見開いた。そんな彼を、紅雷はにやりと口の端を持ちあげて見る。

「そなたがこの龍房にやってきたとき、言っただろう。男やら女やら、わからぬ名だと、な」

「……！」

「そなたがいくら愛らしくかわいらしかろうと……男と女の区別さえつかないようで、皇帝が務まると思うのか?」

あのときは、男とばれないように緊張して紅雷の意図を考える余裕はなかった。しかし翔香、など、どう考えても女の名であるのにあのように言ったのは、翔泉が妹になりすましているのを見抜いたうえでの戯れだったに違いない。

「偽りを申す者は、罰せねばならぬな……」

ずくん、と大きく突きあげられて、翔泉は悲鳴をあげた。内側の感じるところを越えた、中ほどのところ——自分の体がなぜこんなに反応するのか、今まで意識もしたことのなかった箇所を擦られいじられ、肌に触れて追いあげられたとき以上に感じて、翔泉は掠れた嬌声をあげ続ける。

「予の子種を、受け止めろ」

はっ、と深く熱い息を吐いて、紅雷は言った。

「そなたの愛らしさが、どれほど予を狂わせているか。その身で受け止めろ……」

「いぁ、……っ、……っ……」

どくり、と体の中で大きく弾けるものがある。同時に、灼熱《しゃくねつ》が体の中に注ぎ込まれた。そのあまりの熱さに、翔泉はぞくぞくと身を震わせる。ああ、ああ、と自分のものではないような甲高い掠れた声が洩れた。

「ん、っ……、ぁ……、っ……」

指先にまで熱液が沁み込んで、動けなくなる。体を犯す硬く大きな杭《くい》はさらに奥を抉ろうとでもいうようにじゅくじゅくと動き、それに反応して翔泉の腰が小刻みに揺らめく。体は奥底に疼きを抱えたまま、自分のものなのに翔泉をどうしようもなく反応させた。

「ふっ……、中で出されて、感じるか？」

顔に影が落ちて、はっと気づけば唇を落とされていた。濡れた肉厚の唇が、翔泉の薄い皮膚に重なる。ちゅく、ちゅくと吸われて背筋がぞくぞくと震える。翔泉は反射的に手を伸ばしていて、重なる逞しい体を抱き寄せた。

「中が……絡みついてくるな」

くちづけをしながら、紅雷は言った。

「予を、離そうとしない。もっと、もっとと求めている……」

「ん、く……、っ、……」

「足りぬか？　ひとりの男では、もの足りないと言うか？」

「……え、……、っ……」

濡れた音とともに、唇が離れる。体内に呑み込んだ紅雷自身が半分ほど抜け、それを失う予感にぞくりと身を震わせたのと同時に、翔泉の背に手がまわされた。

「ひぁ……、っ、……っ……」

力強い腕に抱き起こされ、臥台の上に膝立ちにされる。すると体内の突かれる場所が変わり、翔泉はひくりと咽喉を震わせる。

「翔泉」

繋がったまま、翔泉の腰を抱える男は言った。

「己がこれほどに淫らだという自覚はあったか? それとも、敦夏に目覚めさせられたか?」

「ん、……な、こ……と……」

紅雷は腰を揺らし、さらに深い部分を突きあげる。彼の膝の上で翔泉は身を仰け反らせ、反らした咽喉に唇を押し当てたのは、もうひとりの男——剣峰だった。

「っ、ん……、っ、……、ぅ……」

ちゅくりと吸いあげられ、薄い肌に歯を立てられる。咬みちぎられる恐怖と、感じやすい皮膚に刺激を与えられる快感——翔泉は大きく身を震わせ、その背を紅雷がざらりと撫であげる。

「ひぅ、……っ、……っ!」

「そなたの体に触れるのは、予が初めてでありたかったが……まぁ、そなたのここを……」

「いぁ……ああ、ああっ！」

突きあげられて、声が裏返る。そうでなくても力を失った体は、自分自身を支えていられない。抱きしめられると汗ばんだ肌が、紅雷のまとう絹の袍に擦れる。繊細な織物も、今の翔泉の敏感な肌には粗く感じられて、ぞわりと悪寒が貫く。

「初めて味わったのが予であることは、悪くない」

「あ……、っ、……ぁ……！」

そうやって反応する翔泉を煽るように、ふたりの繋がった部分に紅雷の指が這った。ぎちぎちと欲望が嵌《は》まり込んだ肉をかきわけるように、爪先が挿り込んでくる。

「……っ……っあ、……っ、皇、上……っ……」

「紅雷と呼べと言っているのに」

そう言いながら、紅雷は翔泉の肉を緩めようとする。しかし、もともとが受け挿れるためではない場所だ。無理やり引き伸ばされることに痛みを感じ、しかしそれが新たな快感となる。

「だ、め……、ん、な……、こ、と……」

ふるり、と身を震って翔泉は喘いだ。

「皇上……、な、に、を……っ……」

「悦んでいるくせに」

つぷり、と指が挿入される。硬く力を失わない紅雷自身と、拡がりきった翔泉の後孔の肉の間に指が挿り、緩めるように揺り動かされる。ただでさえきつい場所に指が一本増えたことに、翔泉は声をあげて啼いた。

「ここを……刺激されて。奪われて、楽しんでいるのだろう？　そのようにもの欲しそうな顔をしていながら、いやがるとは」

「だ、って……、や、ぁ……皇上……、紅雷、さま……っ……」

挿ってくる指が、二本に増えた。それが前後に揺するように緩めるように動き、翔泉の媚肉が少しずつ緩まっていく。

「やぁ、……だ、ぁ……め……っ……」

ひっ、と咽喉を反らして喘ぐ翔泉の唇を、剣峰が再び奪う。舌が挿り込んできた。ぬるりと舐めあげられ、くちゃりと絡められ、その刺激に持っていかれそうになった翔泉の意識は、下半身をずんと突きあげられることで混濁する。双方からの快楽はたちまちない交ぜになって、狂っていく感覚の中でどうしようもない愉悦となる。

「いぁ……あ、……ああ、あ……っ……」

「剣峰。そなたは、この愛い者を予から取りあげる気か？」

じゅく、じゅくと音が立つのは、紅雷の放った欲液と翔泉の体から滲み出す淫液だ。それらを潤滑油として指はさらに数を増し、翔泉の後孔は押し拡げられる。

「それとも、ともに味わうか？」

「……御意」

剣峰は、低くそう答えただけだった。同時に彼は翔泉の舌を吸いあげて、抜けてしまうかと思うほどに力を込める。翔泉の咽喉から、苦しみとも快感ともつかない声が洩れた。同時に下肢を突きあげられて、また淡い声を洩らす。

「紅雷、さま……っ……」

彼は、いったいなにを意図しているのか。ぎりぎりまで拡げられた肉をさらに柔らかくされて、指はきつい内部を何度も行き来した。ぐじゅ、ぐちゅと濡れた音があがる。

「や、ぁ……、れ、じょ、……は、っ……」

「嘘をつけ」

嘲笑うように、紅雷は言った。

「ここは、もっともっとと絡みついてくるぞ？　これだけでは、足りないのだろう？　もっと、男をほしいと……ねだっているのではないか？」

「そ、んな……、こ、と……」

繋がった部分を拡げられ、翔泉の肉は軋《きし》んだ。翔泉を苦しめて、しかし迫りあがる疼きはなんなのだろう。背中を走る、震えるまでの感覚——それは愉悦だ。敏感な肉を刺激され、ぞくぞくと迫りあがる感覚に翔泉は震える。そんな彼の反応を楽しむように紅雷は指を増やし、翔泉の濡肉を拡げ続ける。

「やぁ……、あ、あ……、っ……、ん、っ……」

腰を揺すりながら、翔泉は声をあげた。あまりの強烈な感覚から逃げようと腰を浮かせると、紅雷が突きあげてくる。じゅくりと内壁を擦られ、奥にある未知の快感の部分を突かれた。そこから痙攣のような衝撃が走り、翔泉は大きく身を震わせる。そんな彼の体を抱いたまま、紅雷は言った。

「剣峰」

「……、あ、……っ……」

紅雷が、なぜ剣峰を呼んだのか。わからない翔泉は紅雷にされるがまま、彼の腕の中に倒れ込む。ぐっと腰を後ろに突き出す格好になり、するとほぐされた後孔の肉がめくれあがる。そこにひやりと冷気を感じ、翔泉は大きく身震いした。

剣峰の手が、翔泉の腰にかかる。彼のもうひとつの手の指が拡げられた翔泉の蕾にかかり、紅雷と同じようにゆっくりとそこをいじり始めた。

「や、ぁ……、っあ……、剣峰、さ、ま……っ……」

思わず、後孔に力を込めてしまう。すると、もう何本になるのかわからないふたりの指、そしてそこを拡げたままの紅雷自身をきゅうと締めつけた。

「翔泉」

紅雷が、眉間に皺を寄せる。腰を支える彼の手が、ぱん、と翔泉の臀を叩いた。そこから、じんと痺れが伝わってくる。それさえもが快感になって、翔泉は喘いだ。

「生意気なことを。もっと、とねだるか？」

「あ、や……、っ、……、ち、が……、っ……」

足りないどころか、もうこれ以上は呑み込めない。それでも紅雷の欲望は力強く翔泉を犯し、彼と剣峰の指がなおも拡げる——蕾の肉は熟れて柔らかく、増やされる指を呑んで悦ぶように花開く。

「そろそろ、こなれてきたか？」

剣峰が、耳もとでささやいた。皇帝である紅雷を憚《はばか》ってか、口数の少ない彼の突然の言葉に、翔泉はびくりと震えてしまう。

「この程度では、足りないのであろうに……おまえには、私たちを受け挿れる花としての素質があると見える」

「は、な……?」

おぼつかない口で、翔泉は繰り返した。自分の体をもてあそぶ男ふたりの視線が合ったのを、感じた。彼らが声には出さず、なんと言葉をかわしたのか——。

「……っ、う……、っ、ん、んっ!」

じゅくん、と音を立てて、ふたりの指が抜け出る。翔泉は、はっと息をついた。それはぎちぎちと秘所を犯していたものから解放されたという安堵もあったし、同時に——物足りなさを感じて疼く体をもてあましての吐息でもあった。

「あ、……っ、……、っ……?」

紅雷が、翔泉の腰を抱え直す。ぐっと引き寄せられて、ますます臀を突き出す格好になる。紅雷のものは半分抜けかけて、翔泉の秘所はぱくりと口を開け、中の赤い肉を曝《さら》け出していた。

「や……、っ、……剣峰、さ、ま……っ……」

剣峰の手が、翔泉の臀に手をかける。押し拡げ、そして褌子をわけて現れた彼自身を、その隙間に押しつけてきたのだ。

「ああ、……や、ぁ……、む、り……っ、……!」

髪を振り乱し、翔泉は紅雷の腕に身を擦りつけた。

「だめ……、ん、な……、両方、なんて……、挿ら、な……、っ……」

紅雷の腕に縋《すが》りついたまま、翔泉は声をあげた。しかしそれは掠れ、抵抗らしい抵抗にもなっていない。腰はしっかりとふたりの腕に支えられ、蜜肉をかきわけて挿ってくる。

「ああ、……剣峰、さ……ぁ……、剣峰さ、ま……っ……」

じゅくり、じゅくり、と濡れた音が立つ。ほぐされたとはいえ、双方とも相当に質量のある剛直を受け挿れることなど、とうてい無理だ。

「や、……ぁ、め……、剣峰、さま……っ……！」

「妬《や》けるな」

くすり、と笑って紅雷が唇を押しつけてきた。

「そう、剣峰の名ばかり呼ぶな。予の名も、呼んではくれぬか？」

「ああ……、紅雷、さま……っ……」

ずん、と剣峰の欲望の先端が、中に収められた。一番太い場所を呑み込んで、その圧迫感に翔泉は喘ぐ。その唇を、紅雷が塞いできた。

「ん、……く……っ、……っ」

「いい子だ。なかなかに、素直ではないか」

紅雷は、翔泉の舌を舐めあげながら言った。

「体も……ここも。素直になってきたようだな。剣峰のものをも呑み込んで。ほら」

「ひ、……っ、う……っ……」

内壁を擦りあげながら、剣峰は腰を突きあげる。彼の熱い吐息が、背後から聞こえる。乱れた息が翔泉をより興奮させ、それに秘所は緩まったのか――さらに深く、彼を受け挿れた。

「ほら、見ろ。二本とも食い締めて……これほどに悦んでいるではないか」

「や、……い、や……、っ、……、っ……！」

「なにが、いやだ」

翔泉の腰を摑み、紅雷がずんと下肢を突きあげる。と、中の感じるところを擦りあげられて翔泉は声をあげる。艶めいた嬌声は、紅雷の唇に吸い取られた。

「剣峰、この者が、どこで感じるか……わかっているだろう？」

御意、とつぶやいた剣峰の声は、掠れていた。彼が自分の体に満足していること、紅雷とともにこの身を堪能《たんのう》していることがその声音からわかって、翔泉の全身には思いもしない充足が走る。

「感じたのか？」

剣峰の欲望が、翔泉をもっとも狂わせる箇所を擦った。心の充満と、体の充溢《じゅういつ》。翔泉は、はっと満足の息を吐いた。

「ふたりに犯されて……どうだ？　どれほどに、感じている？」

「っあ……、ん、……っ……う……」

しかし翔泉の声は、うまく形にならない。口を開くと洩れるのは嬌声ばかりで、まともな言葉など綴れるはずがない。

「ひぅ……、っ、……っ、……あ」

「どうなのだ、翔泉」

「い……、いい、っ……」

ふふっ、と紅雷が笑う。彼はぐいと奥を突き、すると最奥の、感じるところに剛直が当たる——同時に、剣峰が中ほどの箇所を突き、同時に淫所を擦られて、翔泉は大きく体を跳ねさせた。

「い、い……、っ、……あ、あ……、っ、……！」

「これほどに、腰をくねらせて」

「ひ、うっ！」

ぱん、という音は、紅雷が翔泉の臀を叩いたからだ。薄い肌は、刺激を受けてかっと熱くなる。それすらも快感となって、目の前が真っ白になった。

「ほら……すっかり、剣峰を受け止めたぞ」

「や、……や、っ……、っ……」

「中で、予のものと擦れ合っている……ふふ、このように交わり合うとは、今まで思いもしなかったが」

ひぅ、と翔泉は嬌声をあげ、紅雷の胸に縋りついた。彼は強く翔泉を抱きしめ、同時に剣峰が突き立ててくる。最奥はふたりの欲望にそれぞれ突かれ、翔泉は咽喉を仰け反らせる。もう声も出ず、感覚さえも痺れて霞み、自分がどこで、どうなっているのか——その意識さえも曖昧だ。

「男には、男でしか味わえないものがあるということか……なぁ、剣峰。そなたは、このように男を抱いたことがあったか?」

「いいえ、皇上」

冷静に聞こえる声で、剣峰は言った。しかしその口調は乱れて掠れている。彼は低く息を呑み、迫りあがる情感を堪えるように、後ろから翔泉の肩を咬んだ。

「いぁ、あ、ああっ!」

それは、翔泉の敏感になりすぎた体に直接響いた。ひくん、と翔泉は腰を跳ねさせ、すると紅雷の腹筋に擦られている自身から、わずかに白濁した液が噴き出す。

「ふん……、まだ、達けるのか」

そんな翔泉の反応を楽しむように、紅雷は嘲笑を洩らした。同時に何度も最奥を突かれ、翔泉はあげる声をも失ってしまう。

「皇上……」

低く呻いたのは、剣峰だった。

「そのように……、この者を、煽られては……、っ……」

「なんだ、そなたも限界か？」

くくっ、と含み笑いをした紅雷は、なおもふたりを煽るように腰を揺らす。翔泉の内壁はすでにぐしゅぐしゅと淫液にまみれ、そのぬめりがふたりの動きを容易にしている。

「達け、剣峰。翔泉の中を、濡らしてやれ」

「は、っ……」

返事とも呻きともわからない声を洩らし、剣峰は再び翔泉の肩を咬んだ。歯を立てられるのと彼が中で大きく弾けるのは同時で、翔泉の目の前は、また真っ白になった。

「……あ、……っ、あ……、……っ……」

「翔泉。まだ、だ。まだ早いぞ……」

剣峰の放ったものが、腿の内側を垂れ落ちる。その感覚にさえ感じさせられていた翔泉は、体内の熱い杭——最奥の感じる箇所を擦りあげていたものが、ひくりと反応するのを感じ取った。

「あ……、ぁ、っ……、……！」

はっ、と息をする間もなく、続けざまに灼熱が放たれた。腹の奥にはふたりぶんの淫液が溜まり、その熱さにどうしようもなく身を捩る。たらたらと受け止めきれない熱が流れ落ち、同様に己を支えている力を失った翔泉は、紅雷の胸に倒れ込んだ。

「……っ、あ……、……」

「この程度で、音《ね》をあげるのか？」

翔泉を抱きしめながら、紅雷が笑った。

「そなたが悪いのだぞ……？　そなたが、そのように魅惑的に……予らを誘うのだからな」

「さ、そ……って、な、んか……」

ひくり、と咽喉を鳴らしながら、翔泉は言った。しかしそれはまともな声になっておらず、自分の耳にも掠れた嬌声にしか聞こえなかった。

「ひ、……ぅ、……っ……！」

ずくん、と背後から突きあげられた。翔泉は唇を震わせて、新たなその刺激を受け止める。

「まだだ、翔泉」

剣峰の、低い声がした。

「予は、まだ満たされていない。そなたを……もっと、感じさせろ」

「や、ぁ……う、……っ……」

翔泉には、もう受け止める力は残っていない。ふたりに抱きかかえられていなければ、臥台の上に泥人形のようにくずおれていたことだろう。

「予を受け止めろ。感じさせろ……そなたを」

「っ、……う……、ん、……っ、ぅ……」

紅雷の腕の中で、翔泉はもがく。しかしそれは、抵抗にすらならなかった。ふたりの強い腕が、翔泉を貫く淫芯が、翔泉をとらえて離さない。ふたりの熱が、翔泉をまるでずっとずっと絶頂の中にいるような感覚に陥れている。

「もっと、深く味わわせろ……」

「ひぃ、……っ、……っ……！」

ずん、とさらに深くを抉られる——最奥だと思っていたところの、もっと奥。深い深い部分を突きあげられたと思った。そのようなところに触れられることなど、思ってもいなかった——翔泉は何度も小刻みに震える。しかしそこからは切れ目のない快楽が伝わってきて、歯の根までが合わずに翔泉はかちかちと歯を鳴らした。

「っう、……ん、ん……、っ……ぅ！」

「もっと、もっと喰ってやるがいい」

紅雷が、楽しげに言った。彼もまた腰を突きあげ、双方からの刺激に、翔泉の目の前にはちかちかと火花が散り、もう意識さえも定かではない。

「この、男とも女とも知れない……生きもの。この、愛おしい者に……この世ならぬ快楽を与えてやるがいい」

「ひぁ、あ……あ、あ……、っ……」

言いざま、紅雷も翔泉の中を抉る。剣峰は自らさらなる快楽を得ようというように、中をかきまわす。勃ちあがったまま、たらたらと蜜を垂らす翔泉の欲望からは、また白いものが弾けて飛んだ。

「っあ、……ん、ん……、っ……」

腕が伸びてくる。背後の剣峰は翔泉の胸に触れ、尖って赤くなっている乳首をつまむ。きゅっと爪を立てられると、それは新たな刺激になる。もう、これ以上の快楽はないと思ったのに――抱きしめてくるふたりの間で翔泉は甲高い声をあげ、また欲液が垂れる。

「どうだ？　感じているか？　もの足りないのなら、そう言え」

「も、……、っ、……、も、ぉ……」

　もの足りないどころではない――紅雷はにやりと笑うと、翔泉にくちづけてくる。掠れた喘ぎを吸い取られて、はぁ、はぁ、と何度も激しく呼吸をした。その合間に紅雷は、まるで深く繋がった下半身のことなど忘れているかのように、愛おしい者を愛撫するかのように、ちゅく、ちゅく、ちゅくと音のするくちづけを繰り返す。

「や、ぁ……、っ……、っ……」

「これほど悦んでいるのに、なにが、いやだ」

　唇を重ねたまま、紅雷が言った。

「そなたの中が、どれほど反応しているのか……自覚はないのか？　予らをこれほどに翻弄して……皇帝をもてあそんでいるというつもりもないのか？」

「もて、あ……そ、……な、んて……っ……」

　ふたりと繋がっている部分は、なおもじゅくじゅくと音を立てている。迫りあがる感覚は指先にまで流れ込み、翔泉は自分が蕩けてしまっているのではないかと思った。形なくぐずぐずに崩れ、ふたりに与えられる快楽のみを受け止める――ただの木偶《でく》になってしまったのではないかと、心の奥底で恐怖する。

「罪深い、な」

はっ、と熱い吐息とともに、紅雷が言う。

「このように、予を手玉に取って……その自覚もなく、なおも予を誘う」

「ち、が……、ぁ……、っ……」

「そのうえ、剣峰も虜《とりこ》にして。こやつが、これほどに我を失っているさまは、初めて見る」

ひくん、と秘所の拡げられた肉が動いた。剣峰がひと息に、自身を引き抜いたのだ。

はっ、と翔泉は声をあげた。しかし彼の欲望はすべては抜けず、一番太い傘の部分で翔泉の秘部を押し拡げて感じさせ、そしてまた内側を擦りあげてきた。

「は、ぅ……、……、ぅ……!」

その動きと合わせるように、今度は紅雷が欲望を抜く。それぞれが中で擦れ合うのが新たな快感となり、翔泉は大きく身を仰け反らせた。抱き寄せたのは、剣峰だ。彼は翔泉の胸に手を這わせながら抱き寄せ、頬に唇を這わせるとそのままくちづけてくる。

「ん、く……、っ、……」

剣峰は、まるで飢えた狗《いぬ》のように翔泉の唇を貪《むさぼ》った。吸いあげられて柔らかい部分を咬まれ、そこを舐められてはまた吸い立てられる。ちゅくちゅくと音を立てて舌を突き込まれて、それは翔泉の舌をつかまえてはきゅうと強く吸ってきた。

「ひ、ぅ……、っ……、ん……」

彼とのくちづけに夢中になる翔泉を引き寄せるように、紅雷の手が翔泉の手首を取った。引き寄せて突きあげて、新たな悲鳴をあげさせる。

「もう……、も、……う……っ……」

「そなたが、そのように言うから」

紅雷も、翔泉に顔を寄せてくる。彼の舌は翔泉の頬を舐め、まるで動物のようなその感覚に、翔泉は震える。

「ますます、攻めてやりたくなるのではないか……そなたが、それほどにかわいらしいから」

「か、わ……、っ、……、っあ……、あ……」

そのような、女に贈る賛辞のようなものを。しかし剣峰が吸う唇には紅が、紅雷が舐める頬には白粉《おしろい》が塗られているのだ。化粧など汗と涙で取れてしまっているだろうけれど、自分は男でもなく、女でもない――宦官ともまた違う、奇妙な生きものなのだと、翔泉はぼんやりと考えた。

「ああ……、っ、皇上……っ、……も、う……」

「堪えかねると言うか？」

ぺろり、と彼が舐めあげたのは、溢れ流れる翔泉の涙だ。悲しくもないのに流れるそれは、頬を伝って首筋にまで至っている。

「終わらせたいと言うか？　予らに愛されるのは、もうたくさんだと？」

「そ、んな……、っ……」

うかつな不敬は口にしかねて、しかし翔泉はもう限界だ。頭の先からつま先まで、びりびりと痙攣している。体の奥は燃えあがる炎を抱いたまま、体は自分のものではないようで。勃起した自身からは絶えなくたらたらと白濁が伝い落ちて、やむことのない絶頂に追いあげられている。

「ああ……、ぁ……皇、上、っ……」

このままでは、壊れてしまう——本当に快楽がなければ生きていけない、木偶になってしまう。ふたりに与えられる愉悦が深ければ深いほど翔泉の頭の中はかきまわされて、自分というものを失ってしまいそうだ。

「そのような顔をするな……、愛いやつ」

ちゅく、と頬にくちづけをしながら、紅雷は言った。

「今宵《こよい》は、これくらいにしておいてやろう……」

「いぁ、あ……ああ、あっ！」

ずん、と下肢を突きあげながら、紅雷は目を細めて言った。

「そなたに嫌われては、甲斐《かい》もない……また、この心地いい体を味わわせてもらわねば、この先の楽しみもないというものだ」

「……っあ、あ……ああ、ああ！」

後ろからくちづけてくる剣峰が、翔泉を味わい尽くそうとでもいうように、腰を突き立ててくる。紅雷が下肢を動かすのとは律動が違い、じゅく、じゅくと秘部をかきまわされて、すでに出なくなった声で翔泉は喘ぐ。

「……出すぞ」

掠れた声で、紅雷が言った。

「最後まで、おまえを喰い尽くしてやろう……深いところを、予の熱で染めてやる」

「っ、う……、っん、……、っ……」

翔泉の喘ぎと同時に最奥を突いたのは、剣峰の欲望だった。彼は唇をほどき、そのまま翔泉の耳に歯を立てて、きゅっと咬んだ。

「ひ、ぅ、……っ！」

「皇上と、私と……狂うまで感じるがいい……」

「いぁ、あ……あ、ああ、ああっ！」

どくん、と体の奥で鼓動が打つ――灼熱を浴びせられる。わずかにずれたふたりの放出に、体の奥が反応する。これ以上はないと思っていた快楽が体中を駆け巡り、身のうちの芯をすべて溶かしてしまう――翔泉は大きく身を反らせて声にならない声をあげると、力を失い紅雷の胸に体を預けた。

「ふ、っ……」

紅雷が、低くため息をつくのが聞こえた。ふたりの男の欲望はいまだどくどくと翔泉の中で脈打っていて、翔泉の意識を真っ白に塗り潰していく。

「……っ、あ……、っ……、……」

掠れた声とともに、自分の中で大きくなにかが弾け――翔泉の目には、耳には、肌にはなにも感じられなくなって――。

「っ、……、う……、……」

翔泉を迎え入れたのはすべての感覚の果ての、今まで知ることもなかった世界だった。

第四章　淫《みだ》らな愛の星宿

もぞり、と掛布の中で、体を動かした。

体中の感覚が、おかしい。関節が悲鳴をあげている。今は陽が高く――気づけば翔泉《しょうせん》は、自分の房の臥台《しんだい》にいた。湯浴みをした覚えもないのに体はすっきりとしていて、真新しい絹の夜着をまとっていた。

「……、っ……」

真昼から臥台に入っているとは、なんたる失態。更衣の君としての務めも果たせず、銀《ぎん》青《せい》にはさんざん心配をかけた。しかしこの状態の理由を口にすることはできず、ただ掛布をかぶってじっとしているばかりだ。

（どうして……、あんな……）

どうやら気を失ってしまったようだけれど、記憶は鮮やかに残っている。後孔にはまだ彼らの欲望があるような錯覚に陥って、そのたびに体がびくりと震えた。そしてふたりの舌が、歯が、手が、どのように翔泉を翻弄《ほんろう》したのか。彼らの声が、いかに翔泉をもてあそんだのか——蘇《よみがえ》る感覚に、翔泉は体に力を込めた。

(……お戯れにも、ほどがある)

男とも、女ともつかない生きもの——紅雷《こうらい》は、そのようなことを言っていた。ただそれだけの好奇心で、翔泉を抱いたに違いないのに。剣峰《けんぽう》とて同じだ。女装をしている男がもの珍しくて、それが彼らの興をそそっただけに違いないのに。

(なのに……、こ、んな……っ……)

翔泉はまた、掛布の中でうごめいた。信じられない行為は、思い出すだけで体中に火のつくような、凄《すさ》まじい——快楽だった。同時に味わった痛みや苦しみさえも、快感の一部だった。記憶は翔泉の欲望に火をつけ、昨夜あれほど放ったのにまた自身が欲をもたげる。

(あの、ような……こと、……っ……)

想像したこともない、戯れに思ったこともない愉悦を味わわされて、翔泉はもう、今までの自分ではない。思い起こすだけでかき乱されるような快楽は、たった一夜の戯れで——それを翔泉は恨めしく思った。

(あのようなことをされて、俺が平気でいられるとでも……?)

しかし相手は、殿上人だ。翔泉などがその考えを知ることができるはずもなく、同時に翔泉は、彼の『妃』なのだ。

（ほかの妃がたにも……あのようなことを、されているんだろうか……？）

そう考えると胸がずきりとし、そのような反応も愚かしいと思う。彼は、皇帝なのだ。この罧国《しんこく》のすべては彼のものであり、当然翔泉も、紅雷の意向に逆らえるはずはなく。

（……でも）

腰の奥が、疼《うず》く。体は怠《だる》くて、再びの行為など考えられないのに、体の中で疼く欲望だけは反応している。ひと晩で、翔泉の体は淫乱《いんらん》へと変えられてしまった。

この欲望が、紅雷と剣峰のみに反応するものか、それとも翔泉は誰《だれ》の前でも脚を開く淫売になってしまったのか――わからないながらも、ただ翔泉が知っているのは、一生知るはずのなかったであろう凄まじい快楽を味わわされたこと。それが忘れられず、こうやって臥台の中で身悶《みもだ》えるしかないということ。

「淑妃さま」

いきなり聞こえた声に、飛びあがりそうになった。顔をあげるまでもない、聞き知った敦夏《とんか》の声だ。

「お加減が悪いと伺いましたが？」

「……大丈夫、です」

掠《かす》れた声で、翔泉は言った。

「ですが、この陽の高いのに、臥台になど。侍医に診せなくてもいいのですか?」

翔泉は、掛布から顔を出した。ちらりと房の入り口を見ると、黒緋《くろあけ》色の旗袍《きほう》をまとった敦夏がいた。その落ち着いた色は、彼の金色の髪と紅い瞳《ひとみ》によく似合った。

「平気です。……ひとりに、しておいてください……」

再び掛布をかぶり、翔泉は呻《うめ》いた。しかし敦夏が房から出ていく気配はない。

「せいぜい、皇上の気まぐれにつきあわされたのでしょう。淑妃さまの美貌《びぼう》に、皇上がお目をつけないわけがありませんからね」

ちっとも嬉《うれ》しくないことを、敦夏は言った。彼の足音が、臥台に近づいてくる。

「出ていって……ください」

なおも、咽喉《のど》の痛む声で翔泉は言った。

「加減が悪いのは、本当です。お話しするのも、辛《つら》いので……」

「さて、皇上は……ずいぶんと、罪なことをなさったようですね」

敦夏が近づいてくる。彼は臥台の脇《わき》に立ち、掛布をめくろうとした。しかし翔泉は、彼の手を避けてますます深く、掛布の中に潜り込んだ。

「まったく、あのかたの好色ぶりは……困ったものです」

ずきん、と胸が痛んだ。ここは、彼の後宮だ。紅雷にはたくさんの妃がいて、彼はその房を訪ねたり、龍房《りゅうぼう》に招いたりするのだ。翔泉はそのうちのひとりだったに過ぎず、そのことはよくわかっているはずなのに。

「敦夏さま……」

掠れた声で、翔泉は言った。

「お願いです。お引き取りください。今は……」

しかし敦夏は、翔泉の願いを聞かなかった。まるで寝起きの悪い子供を無理やり起こすかのようにばさりと掛布をめくり、虫のように丸くなっている翔泉を目をすがめて見る。

「敦夏、さま……、今、は……」

「そのような顔をして、なにをおっしゃるのですか。淑妃さま」

はっ、と翔泉は息を吐いた。敦夏は臥台の上に座り、手を伸ばしてくる。翔泉の顎《あご》に指を絡め、上を向かせるとくちづけてくる。

「……ん、……っ……」

「そんな、魅惑的な顔をして」

唇を重ねたまま、敦夏は言った。

「どんな男をも、誘うような顔をして……奴才《やつがれ》に、このまま立ち去れとおっしゃるのですか?」

「な、にを……」

「安心なさい」

敦夏の舌が、ぬるりと挿《はい》り込んでくる。舌を舐《な》めあげられて、するとぞくぞくと背中が震える――性感は昨日の夜に燃え尽きて、すっかり萎《な》えたと思ったのに。それどころか炎はたちまち勢いをあげ、翔泉の体の内側を焼き始める。再び、熱い鼓動が蘇る。

「皇上は……どの妃も抱いてはおられません」

「……え、……?」

ちゅくん、と音を立てて唇を吸いあげながら、敦夏は言った。

「淑妃さまもご存じのとおり、この罧国は、何百もの民族からなる。金狼《きんろう》族が支配する国とはいえ、ほかの民たちの声も無視はできない」

今度は、紅を塗るように唇を舐めてくる。絹の夜着の下に隠れた欲芯《よくしん》が、勃《た》ちあがり始める――昨夜、あれほどに放ったのに。翔泉の欲望は汲《く》めども尽きぬ井戸の水のようで、敦夏はそんな翔泉を抱きしめて、臥台に押し倒した。

「後宮にいる、妃たち……どなたかひとりを寵愛《ちょうあい》して、ほかの民族の反感を買うことがあってはならない。いずれは世継ぎを得なくてはならない身――されど、どの民を引き立てるか。今は状況を見ておいでの状態。うかつに妃に手を出すことは御自ら禁じておられます」

「でも……、俺は、更衣の君に任命されました」

掠れた声で、翔泉は言った。

「俺は、瑾《きん》族です……更衣の君にということは、瑾族を眷愛《けんあい》したと取られるのではないのですか?」

「それは、あなたがお悪い」

敦夏の手が伸びる。翔泉の顎を、頬《ほお》を、そして首筋をなぞる。それにびくりと反応する翔泉を、再びくちづけてきた敦夏は笑った。

「あなたが、これほどに麗しいのがお悪い……皇上とて、男です。その責務の前に、これほどうつくしい御方《おんかた》を見れば、欲が先走ってもおかしくない」

「でも、皇上は……」

翔泉は、ためらった。敦夏は、翔泉の夜着の胸もとを開く。点々と残る鬱血《うっけつ》の痕《あと》に、重ねるようにくちづけを落とし始めた。

「ん、……っ、……っ……」

「皇上が?　どうなさいました?」

「あ、あ……、っ……」

ちゅく、ちゅく、とくちづけの音がする。その艶《なま》めかしさに、体の奥の炎がますます大きくなった。身を捩《よじ》ってそれから逃れようとするけれど、敦夏の手業は巧みで翔泉の欲望を追い立てるばかりだ。

「皇上、は……、剣峰さま、も……、ご一緒、に……」

ふっ、と敦夏はまた笑い声を立てた。彼の舌はくちづけの痕を舐めあげ、そして歯を立てて軽く肌に痕を刻む。

「は、っ……、あ、ああ、っ！」

「あのかたの酔狂にも、困ったものですね……これほどに、いやがっているものを」

「……っ、……う……」

敦夏の言葉に、翔泉は震える。自分は、果たしていやがっていただろうか？　悦《よろこ》んではいなかっただろうか？　ふたりの質量を呑《の》み込まされ、てんでに内壁を擦《こす》りあげられる快感は、想像もしなかった愉悦ではなかっただろうか？

「しかし、そのお気持ちもわからないではない」

濡《ぬ》れた音とともに翔泉の肌を吸った敦夏は、その白い夜着をすべて剝《は》ぎ取ってしまう。熱く染まった肌、すっかり勃ちあがった欲望を隠すこともできず、翔泉は羞恥《しゅうち》に視線を逸《そ》らす。

「……淑妃さまも、まんざらではなかったご様子」

「んぁ……、っ……」

「ふたりの男にもてあそばれるのは、どのような心持ちでしたか？　あなたは悦んで……また、と願っているのではありませんか？」

「な……、こ、と……っ……」

翔泉は、必死に首を左右に振った。髪が、ぱたぱたと頬を叩《たた》く。それにすら感じて、翔泉は微《かす》かな声をあげた。

「そのような、あなたの本質を皇上は見抜かれたのかもしれない。剣峰さまもまた、あなたに惹《ひ》かれ……求めているのを、知っておいでだったのでしょう」

なめらかな手のひらで、翔泉の体を撫《な》でてあげながら敦夏は言う。ひくり、と翔泉の全身が震える。欲望の先端からは蜜《みつ》が流れ、幹を伝うのにも感じてしまう。

「なにしろ……あなたは、これほどに魅惑的で。どんな男をも魅了せずにはいられない色香を放っている。さすがの皇上も、あなたを独り占めすることは憚《はばか》られたのでしょう」

「そ、んな……、っ、と……ぉ……」

敦夏は、翔泉の体を知り尽くしている。感じるところを撫でてあげながら、指を這《は》わせて爪《つめ》を立てながら、翔泉を追いあげていく。

「傾城の美貌とは、あなたのようなかたのことを言うのです」

翔泉の、勃った乳首に歯を立てながら敦夏は言う。

「どの民族にも公平になるようにと、後宮の女に手をつけてこなかった皇上に……。唯一、その戒めを破らせたかた。腹心と共有してでも、抱きたかったかた」

「あ、あ……ああ、あっ！」

「星の女、という存在を、知っていますか」

きゅっと尖《とが》りを吸いあげて、続けてねとりと舐めあげながら、敦夏は言った。

「国を導く、秘めた力を持った存在。国の安泰の証《あかし》となる女。それはあなたのようなかたなのかもしれません」

「俺は……、男、です……っ……」

迫《せ》りあがる快感を堪《こら》えながら、叫ぶように翔泉は言った。

「星の、女なんて……関係ない……」

ふふ、と小さく笑っただけで、敦夏は応《こた》えなかった。ただ、別のことを言った。

「これがほかの誰かなら、いったいどのような手管で皇上を誘惑したのかと訊《き》きたいところ。けれど……あなたなら、訊くまでもありませんね」

歯の痕を舌で舐め、上目遣いに翔泉を見あげながら敦夏は言う。

「ますます、肌艶《はだつや》が増している。おふたりに愛《め》でられて、華やかにうつくしく咲く花……というところでしょうか」

「やぁ、……、っ、ん、……」

「あなたの味を、奴才にも味わわせてください。どれほど熟したのか……この舌で」

言いながら、敦夏は咬《か》んだ痕を舐めあげる。唇で挟まれ、ちゅくりと吸いあげられて翔泉の腰はびくりと跳ねた。

「皇上がたにかわいがられて……奴才の知らないあなたになってしまったというのは、少々妬《や》けますけれどね」

「そ、んな……、っ……」

翔泉はぶるりと身を震ったけれど、彼らに変えられてしまったというのは事実だ。翔泉の体は少し触れられるだけで炎を帯び、燃えあがるものになってしまっている。敦夏の巧みな指と舌でなくとも、たやすく熱くなり欲を吐き出すことだろう。

「それでも、あなたは……奴才に、このような姿を見せてくださる」

「いぁ、あ……、ああ、っ！」

両の乳首をつままれて、ひくんと腰が震えた。敦夏はそれをくりくりと捏《こ》ね、翔泉にますます声をあげさせる。尖った先端を舌先で舐め、乳暈《にゅううん》ごと口に含んでは吸って。それはまるで赤子のような行為なのに、その表情があまりにも艶めかしく色めいているのが彼のしていることとは裏腹で、翔泉をますます煽《あお》り立てる。

「や、ぁ……、敦夏、さ……ま……」

身を揺すりながら、翔泉は泣き出しそうな声で言った。

「も、う……おやめ、く、だ……さ……」

「ふふ……ここを、こんなにしておいて、ですか?」

「ひぁ……あ、ああ、っ!」

敦夏の手が、翔泉の腹をすべり落ちる。白魚のようなその手は翔泉の勃ちあがった性器を握り、きゅっと強く扱《しご》きあげた。

「やっ、……っ、あ……、ああ、あ!」

「こんなに蜜をこぼして……やめろ、など。あなたは、それほどに我慢強かったですか?」

翔泉を侮る言葉を綴《つづ》りながら、敦夏は何度も手を上下させた。そのたびに、くぷ、くぷ、と透明な液が洩《も》れる。翔泉は掠れた声をあげながら、敦夏の愛撫《あいぶ》を懸命に堪える。

「声を、我慢しないで。あなたの、小鳥のような啼《な》き声を聴かせてくださいい?」

「っ、ん、……、ぅ……、っ……」

ひくん、と翔泉の腰が震える。どくりと溢《あふ》れた淫液は、白濁がかっている。翔泉の体が震え始める。迫りあがる快感に歯の根が合わなくなり、自分の体が自分のものではないように感じられ始め、目の前が霞《かす》んでくる。

「ひぅ……、っ、……っ、……ん！」

「達《い》って」

ふいに敦夏が、低い声でそう言った。

「あなたの達くところを、奴才に見せて……？　あなたの、かわいらしいところを」

「いぁ……、っ、……」

強い力で擦られる。根もとから先端までを擦りあげられ、翔泉は大きく体を反らせた。びゅく、と白濁が散って、敦夏の手と翔泉の腹を汚す。敦夏は満足そうに微笑《ほほえ》んで、自分の手を舐めた。

「甘い、ですね」

目を細めて、敦夏は言う。

「あなたの放つものは……甘い。あなたのかわいらしさを、そのまま反映している」

「そ、んな……、わ、け……っ……」

精液が甘いわけはない。しかし敦夏はそれを口にすることで満たされたかのように笑みを浮かべたまま、翔泉にくちづけてきた。

「ん、く……、っ、……っ……」

苦いくちづけに、翔泉は眉《まゆ》を寄せる。そんな彼の反応を楽しむように敦夏はますます唇を深く合わせてきて、注ぎ込まれたのは自らが吐き出した白濁だ。

「や……、やめ、……、っ、敦夏、さま……っ……」

逃げようと顔を反らせると、敦夏が追いかけてくる。自分自身を味わわされて、しかしそれが奇妙な快感となる。いやだ、と思う気持ちがおかしな感覚を煽り、肌が汗ばむ。いったん放ったはずの欲望が、また力を持ち始める。

「は、ぁ……、っ、……っ……」

翔泉の吐いた熱い吐息を、敦夏が舐め取った。唇を舐められ頬に舌を這わされ、首筋に咬みつかれて立て続けに声があがった。そんな翔泉の体には、また例の——不思議な感覚が生まれ始める。

「敦夏さま……、っ……」

ぬるり、となにかが両脚の間を這う。敦夏の指でも手でもない、目には見えない濡れた太いもの——それが再びの欲を孕《はら》んだ翔泉自身に絡み、擦りあげてくる。ぬるりとした感覚は誰に与えられる愛撫とも違い、翔泉はあっさり、自分を解き放ってしまう。

「や、ぁ……、っ、……っ……」

どくん、と腰が揺れる――下肢が跳ねる。欲液が再び下腹部を濡らし、翔泉の体を這うなにかはそれをからめとって、両脚の谷間にすべり込んでいく。

「だ、め……、っ、……敦夏、さ……っ……」

「ふふっ」

敦夏は翔泉の上にのしかかり、なにやら手を動かしているだけ。翔泉に触れもしていないのに、確かになにかが双丘の狭間《はざま》に入り込んでくる。それは汗ばんだ肉を押し拡《ひろ》げ、ひくひくと反応を始めている蕾《つぼみ》をくすぐった。触れられるだけで翔泉は反応し、大きく反った咽喉に敦夏の歯が食い込んだ。

「ひぅ……、っ、ん、……ん、っ！」

昨夜、さんざんにほどかれ溶かされた秘部は、それがぬるりと挿り込んでくるのを拒まない。それどころかまるで自ら受け挿《い》れるように開き、くちゅりと音を立てて挿ってくるものを受け止める。

「いぁ……、っぁ、……ああ、あ……！」

襞《ひだ》を開き、それは中に挿り込んだ。浅い部分をかきまわし、耳にするのもおぞましい濡れた音を立てる。それが自分の体からあがっているのだということがなんとも奇妙で厭《いと》わしくて、しかし翔泉の秘所は確かに太いものを受け挿れて悦んでいるのだ。

「やぁ……ん、っ、……、敦夏さま……ぁ……」

「かわいらしいですよ、淑妃さま」

敦夏は、翔泉の耳にかじりつく。耳の端に歯を立てられて、するとそこからびりっと伝わってくる感覚が身を走る刺激と重なって、翔泉の体の中心を貫いた。

「ほら……、もっと、いいお声を聞かせて？　奴才を、悦ばせてはくださらないのですか？」

「っあ、あ……ああ、っ、……ん、っ……」

じゅく、じゅくと音を立てて、それは翔泉の内壁を擦った。いっそひと息に、貫いてほしい——そう願ってしまうほどにゆっくり、焦《じ》らすようにそれは少しずつ翔泉を犯していく。

「そう……、もっと。聞かせて？　あなたが、皇上に聞かせた甘い声を……」

ぐるり、と体内のものがうごめいた。はっ、と息を吞んで、刺激を受け止める。それはもう少し中に挿り込み、翔泉の快楽の源泉、もっとも感じるところを突いた。

「ひぁ……あ、あ……、ああん、っ、っ！」

反射的に手を伸ばす。敦夏にしがみつき、するとと唇を奪われて息ができない。感覚はより濃厚に神経を犯し、呑み込むものの突きあげてくる感触が鋭く貫いてくる。

「や、ぁ……、ああ、あ……、も、う……っ……」

ずくん、とそれが感覚の鋭い部分を突きあげ、翔泉は敦夏にしがみついたまま身を反らせる。すると中をより深く抉《えぐ》られ、勃ちあがった翔泉自身が敦夏の袍に擦られ刺激されるのと同時に翔泉は、どくんと自分の下肢が震えるのを感じ取った。

「いい感じですよ……、淑妃、さま……」

「な、ぁ……、っ……？」

再び放ったのではないことは、感覚からわかる。しかしまるで達したかのような——翔泉はぐったりと体を臥台に沈め、その身を敦夏が抱きしめる。

「誠に、おかわいらしい……放たずとも、達くことを覚えたのですね」

「な、っ、……っ？」

翔泉の体の奇妙な感覚を、敦夏はそう表現した。自分のことながらどういう意味であるのか理解できず、翔泉は何度も目をしばたたく。すると、熱い涙が目尻《めじり》からぽろりとこぼれ落ちた。

「放たずとも、快楽を得ることはできるのですよ。ともすれば、より深い快楽を」

敦夏の言葉を、ひぅ、とあがった翔泉の悲鳴が破る。体内でうごめくなにかが、さらなる愉悦を弾《はじ》けさせるようにうごめき、翔泉の意識を奪ってしまう。

「……皇上は、そういうことは教えてくださらなかったのですか？」

生温かい舌で、翔泉の涙を舐め取りながら敦夏が言った。

「より熱い……奥深い快楽を。あなたが望むのなら、いくらでも与えて差しあげます」

「も、……、や、っ、……」

ひくり、と咽喉を震わせながら翔泉は言った。

「も、う……、これ、以上……は、ぁ……っ……」

「いいえ」

間近にある、うつくしすぎる敦夏の唇が動いた。彼の舌が、紅を塗るように唇をすべる。

「あなたの、もっと……かわいらしい姿を見たい。あなたが喘《あえ》ぎ、わめいて……どこまでも深く堕《お》ちていくのを、見てみたい」

「やぁ……、っ……、っ……」

ああ、と開いた翔泉の口に、なにかがねじ込まれた。確かな質量は感じるのに、それがなにか見ることはできない。下肢を犯しているものと似たような——苦しさに、また涙がこぼれた。

「ふふ」

大きく目を見開いた翔泉を見つめながら、敦夏は咽喉奥で笑った。

「上の口も塞《ふさ》がれて……双方から犯される感覚は、どうです？　口の中にも、感じるところはあるのですよ……」

ぬるり、と口を犯すものがうごめく。それは歯茎の裏をくすぐった。びくん、と翔泉の体が跳ねる。びりびりと伝いくる衝撃――それに全身がひくひくと震え、翔泉は立て続けに涙を流した。

「う……く、っ、……っ、……」

「ほら……、どちらもいいでしょう？　そうやって反応してくださると……もっともっと、いじめたくなりますね」

「ひう、……、っん、……んっ……！」

口腔《こうこう》の中を辿《たど》られる。頬の裏を、舌を、咽喉に至る曲線を。同時に、下肢に呑み込んだものもうごめく。敏感な突起の上を擦り立てながら、奥へ。媚肉《びにく》は震え、翔泉の意思とは裏腹に、挿り込んでくるものを悦んで蕩《とろ》けていく。

「や、ぁ……っ、っ……、あ……」

頭の先までが、痺《しび》れていく。ここはどこで、どういう時間で、自分はなにをしているのか——されているのか。なにもかもが消し飛んで、ただここにあるのは深い深い快楽ばかり。それは昨夜の嵐《あらし》のような激しさとは裏腹の、しかしともすればそれ以上の経験したことのない愉悦だった。

「んく……、っ、……、っ……」

「ほら、もっと口を開けて」

敦夏の手が、翔泉の頬を撫でる。頬張るものの形をなぞるように指をすべらせ、その指は顎を伝う。ぬるり、と感じられたものは、翔泉の口腔を犯すなにかのぬめりか、それとも垂れ流れた翔泉の蜜か。

「深いところまで……犯してあげます」

「ひ……、っ、……ん、……っ……」

下肢を貫く太いものが、ぴちゅりと音を立てて挿ってくる。内壁を押し拡げ、ぐちゃぐちゃと中をかきまわす。同時に口腔もかき乱されて、翔泉は息も忘れて喘いだ。

「っ、あ……あ、あ……っ、は、あ……！」

ずくん、と下肢の深いところを抉られた。最奥の、感じるところ。翔泉の腰は続けざまに跳ね、また絶頂が貫く。ぴちゅりと欲液が洩れ、翔泉の下腹部を汚した——この身を這うなにかはそれを舐め取るように腹部をすべって、くすぐるように肌を撫でてくる。

普段なら、くすぐったいと笑っているところだろう――しかし今は、性感を撫であげられているのと一緒だ。普段は衣に隠れて外気に触れることのない部分は敏感に刺激を受け止め、翔泉に声をあげさせる。

「や、ぁ……、っ、っ……、っ……！」

声はくぐもって、うまく喘ぎを洩らせない。快楽は体の中でわだかまり、小さく何度も弾けては翔泉を苦しめた。過ぎる快楽に力を奪われ、もう敦夏にしがみつく力もない。

「も、……、っ、……ぉ、……」

ふふ、と敦夏の笑い声がする。涙に曇った目を懸命に見開くと、彼の紅い瞳と視線が合った。細められた目は、ぞくりとするほどに艶めかしい。彼が、欲望の源を失った宦官《かんがん》であるなどとは信じられない。その目を見て、欲に堕ちない者などいるのだろうか。彼のうつくしい姿に欲情しない者がいるというのだろうか。

「敦夏、さ、……ま……」

金色の髪をさらりと垂らし、白い面に、きらめく紅い目。思わずぞくりとしてしまうほどによく似合う朱色の袍《ほう》の中には、どれほどにうつくしい体が隠れているのだろう――気づけば翔泉は、敦夏の袍の襟に手をかけていた。

「淑妃さま」

しかし敦夏は、身をすべらせて逃げた。その口調はいつもどおりになめらかだったけれど、どこか燃える炎のようなものを感じて、翔泉はびくりとする。

「奴才に、脱げとおっしゃる?」

「だ、って……、っ、……」

「この、醜い体を見たいと?」

細く整った眉をひそめて、敦夏は言った。その表情に、はっとする。

「ずいぶんと、悪趣味なことを」

「でも、敦夏さま……、っ……」

敦夏はふっと笑い、翔泉の頬に舌をすべらせてくる。翔泉が少しだけ乱した襟は、すぐによりきっちりと整えられた。

「賢明な御方は、そのようなわがままはおっしゃらぬものですよ」

彼は目をすがめて微笑んで、そして翔泉の裸体の上に手をすべらせる。と、双方に呑み込んだなにかがひと息にうごめき、翔泉を声も出ないほどに喘がせた。

「あなたは、ただ声をあげていればいい……感じていればいい。奴才が、あなたを狂わせて差しあげる……あなたは、その姿を見せてくだされればいいのです」

「で、も……、っ、あ、あ……、っ……!」

醜い体、とはどういうことなのだろうか——敦夏は、これほどにうつくしいのに。こんな彼に、醜いところなどあるのだろうか——考えは、しかし体を這いのぼるぬめった感覚に煽られて乱れ、壊れていく。

「や、ぁ……、っ、……、っ……」

「つまらぬことをお考えになった、お仕置きですよ」

ぬるり、と体の上をなにかがすべる。翔泉の両の手首が縛《いまし》められ、頭上に固定されてしまう。声をあげて暴れようとした翔泉だったけれど、口腔と下肢の最奥、同時に深く突かれてあがる声は、乱れて甲高い嬌声《きょうせい》だ。

「もっと、深い場所を……誰も触れられないところを、かわいがってあげましょう……」

まるで、呪文《じゅもん》でも唱えるかのように敦夏は言った。そのうつくしい声が、翔泉の耳から伝って全身を刺激する。

「あなたが、決して忘れられない快楽を。あなたが、奴才なしでは生きていけぬほどの愉悦を……」

「やぁ……、敦夏、さま……、ぁ……」

ずん、と最奥を突きあげられる。抉られ突かれ、擦られ刺激され、翔泉はただただ声をあげた。掠れた嬌声が途切れるのと同時に熱を吐き出し、射精が終わらないうちにまた奥を穿《うが》たれ、深い陥穽《かんせい》に堕ちていく――。

□

罧の建国を予言したという巫女《みこ》はまだ存命で、ゆうに百歳を越えているという噂《うわさ》が、まことしやかに伝えられている。

後宮の女たちが、その姿を直接見ることはない。かの巫女に直接目どおりできるのは皇帝と、その側近たちだけ。すなわち彼女が本当に百を越えたありえない存在であるのかどうか、確かめたことのある者はほとんどいないのだ。

翔泉のもとには、再び竹簡が届けられた。龍房への召致を記したそれに翔泉は身を強《こわ》ばらせたけれど、皇帝の命に逆らうことなど許されない。案内の宦官は背の丸くなった老人で、しかしその足早に踵《かかと》の高い沓靴《くつ》でついていくことはなかなかに難しかった。

「淑妃さまが、おいでにございます」

甲高い声で、宦官は言った。青龍刀《せいりゅうとう》を手にした侍衛は宦官と翔泉をじろりと見て、そして五爪《ごそう》の龍の彫り込まれた紫檀《したん》の扉を開けた。

「来たか、翔香《しょうこう》」

金襴《きんらん》に飾られた玉座に座るは、皇帝――紅雷。左に立つは剣峰、そして右には敦夏の姿があった。彼らが正装に身を包んでいることに、翔泉は背に走る緊張を感じる。招かれるままに玉座の前にひざまずくと、三跪九叩頭《さんききゅうこうとう》の礼を取る。

「よい。顔をあげよ」

艶めかしくも低い声で、紅雷は言った。彼は案内の宦官に退席を告げ、扉が閉まると同時に口を開いた。

「このたび、巫女の託宣があった」

その場にひざまずいたまま、翔泉はごくりと息を呑む。百歳を越えるという、人を超えた存在である巫女――その告げが、翔泉を呼んだという。竹簡にはそれ以上のことは書いていなかった。

「張《ちょう》姓の星が均衡を保つかぎり、我が罧国は栄え盛るとの占だ」

「……は」

紅雷の言葉の意味が、わからなかった。彼が金色の瞳をすがめて翔泉を見ている、その視線に射貫かれるような思いをしながら、翔泉は自分の高鳴る鼓動を聞いていた。

「そなたは、張姓の女であったな。後宮の妃に、張姓はひとりしかおらぬ」

言いざま、紅雷は立ちあがる。袍の裾《すそ》を優雅にさばきながら翔泉のもとに歩み寄り、手を伸ばしてその顎をとらえる。上を向かされ、金色の瞳で見つめられて翔泉はたじろいだ。

「巫女の星占は、張姓の均衡を示している。張姓の者が、我が国の鎮護……星の女となる。それは、そなただ。張翔香」

紅雷がそう呼ぶように、本来ならここにいるのは妹の翔香だ。翔泉は目を大きく見開き、そんな彼を紅雷は楽しげに見た。

星の女。敦夏の言葉が蘇る。それがよもや、自分に関《かか》わってくるとは思わなかった。

「で、すが……！」

思わず翔泉は声をあげた。自分は翔香ではない、と口にするわけにはいかない。しかし巫女の託宣は翔香を示しているのであろうし、妃として身代わりになれたとしても、翔泉が『星の女』の代わりまでをも務めるわけにはいかない。

どうにか、逃れることはできないか。翔泉は懸命に思考を巡らせた。

「それが、妃だとは……張姓の者なら、いくたりとでもおりましょう。俺……わたしが、その張姓の星だとは、とても思えません」

「均衡と、言ったではないか」

ふっ、と小さく笑って紅雷は言った。

「一身に複数の寵を受け、それぞれ均等に心を返す……星の女はそうあれと、巫女の占は告げている」

「……っ！」

紅雷の笑っている意味、そして彼の言葉の意味に思い当たって、翔泉はかっと頬を熱くした。紅雷は顎にかけた指に力を込めて、唇が触れ合いそうなほどに顔を近づけてくる。

「確かに、そなたの言うとおり張姓の者は多かろう……しかし、この罘国の重鎮たる者たちの寵を受けている者が、ほかにいるか？　それとも、我らが寵を否定するか？」

「そ、……んな、……」

ひくり、と翔泉は唇を震わせた。紅雷の口が、そっとそれを掠める。翔泉は反射的に逃げて、すると紅雷が声をあげて笑った。

「不遜《ふそん》な者だと思っていたがな……。こうなることが星宿であったというのなら、そなたがここにあることに意味があるのだろう」

「で、すが……、わたし、は……」

翔香ではない。巫女の告げた星の女は、妹の翔香であるはずだ。そう言おうとしても、口が動かない。ここにいるのは四人だけだとしても、どこに目や耳があるか知れないのだ。

「そなたが、我の星。星の女だ。翔泉」

翔泉は、目を見開く。紅雷は確かに『翔泉』と言った。驚く翔泉に紅雷は微笑みかける。

「それ、は……、いったい……」

「皇上のお言葉に逆らうか、淑妃」

声が飛んだ。剣峰の声だ。翔泉は、はっと彼を見る。剣峰の黒い瞳は翔泉を見据えている。玉座を挟んでの隣、敦夏はいつもの心の読めない笑みを浮かべていた。

「皇上が、おまえを星の女と読まれたのだ。皇上のお目を疑うのか？」

「そういう、わけでは……」

「淑妃さま」

そう言ったのは、敦夏だ。彼は沓靴の音を立てて翔泉のもとに近づいてくる。

「これは、星宿……あなたがここにあることは、偶然でも不測のことでもない。あなたはここにあるべく、そして奴才たちに愛されるために招かれた……」

紅雷が、翔泉の顎にかける手に力を込める。そして奪うようにくちづけてきた。

「……っ、う……、っ……」

彼の舌が、唇を破る。ねとりと歯列を舐めあげられ、思わず開いた中にそれが挿り込んでくる。舌をからめとられ、絡みついてくる強さに呼吸を奪われる。呑み込みきれない唾《だ》液《えき》が、唇を伝いしたたって、落ちた。

じゅく、と音をさせてくちづけをほどき、焦点の合わないほど近くに顔を寄せた紅雷は、にやりと笑って言った。

「そなたが、己が星宿のもとに生まれたということを信じられないというのなら……信じさせてやろう」

彼が腕を伸ばす。抱き寄せられ、声をあげる間もなく抱えあげられた。

「そなたの、この体でな」

「な、ぁ……、っ……」

いくら翔泉が女のように華奢《きゃしゃ》だといっても、男に易々《やすやす》と抱えあげられるとは。その屈辱に頬が熱くなり、しかし紅雷は翔泉に暴れることなど許さない。そのまま奥の臥房《しんしつ》に翔泉を運ぶと、臥台に横たわらせた。

「や……、皇上、……っ……」

彼に、そして剣峰に抱かれた記憶は新しい。まだ体の奥は疼きが残っているような気がする。そしてここには、敦夏もいるのだ。翔泉の体を知っている者たちに囲まれて、翔泉の胸に湧《わ》きあがるのは不安——そして、快楽を待つもどかしさ。

「だめ……、や、めて……」

「なにをだ?」

くすり、と紅雷は笑った。

「予は、なにをするとも言ってはおらぬが？　そう……そなたをここに縛りつけて」

紅雷は、臥台の柱をとんと叩いた。そしてその艶めかしい唇に、ぞくりとするような笑みを浮かべる。

「そなたを、いつまでも見つめているのもいいな……。予らに見つめられて、そなたがどこまで慎ましくいられるか。そなたの乱れた姿を思いながらそなたを見る男たちを前に、そなたがどこまで清廉でいられるか……」

「……い、……う、……っ……」

翔泉は、ひくりと咽喉を鳴らした。金の瞳、黒の瞳、そして紅の瞳。六つの眼はじっと翔泉を見ている。臥台の上で衣を乱し、反応しかけている体をもてあましている翔泉を、まるで視線で犯そうとでもいうように見つめているのだ。

「や、ぁ……、ぅ……、紅雷、さま……っ……」

掠れた声で、翔泉は呻いた。

「お許しください……、こんな、この、ような……」

「なにがだ？」

意地の悪い声で、紅雷は言った。

「なにを、許すと？　予は、なにもそなたに命じてはおらぬ」

なぜ、見つめられるだけでこれほどに落ち着かないのか——ただ、視線を注がれているだけなのに。乱れてはいるけれど、翔泉はきちんと衣をまとっているのに。それなのに、なぜ——直接肌に触れられ、追いあげられているような心地がするのか。

「敦夏。そなたか？」

「奴才は、なにもしておりませんよ」

涼しい顔つきで、敦夏は言った。

「畏《おそ》れ多くも、皇上のお気に入りに手を出すなどと。奴才には、そのような勇気はございません」

「よく言う」

紅雷は、笑う。彼は剣峰に目をやって、すると剣峰は目をすがめた。

「剣峰。翔泉を、感じさせてやれ。なにかをほしがって、やまぬようだからな」

「……御意」

少し掠れた声で、剣峰は言った。そして臥台に歩み寄ると、翔泉の顎に手をかけた。それだけで、翔泉はびくりと震えてしまう。彼の、ぴんと立った耳の内側が赤い。欲情に染まっている——それを目にして、翔泉はごくりと息を呑んだ。

「っ……、あ、あ……っ……」

剣峰は、翔泉を焦らさなかった。唇が重なってくる。深く触れ合って、すると彼の熱さが沁《し》み込んでくる。翔泉は、深く息をついた。ぞくり、と背が震える。体の奥が痙攣《けいれん》し始めていて、それが直接の愛撫を求めてのことだということを否定はできなかった。

重なった唇は、何度か擦りつけられる。薄い皮膚は敏感に刺激を感じ取り、ただ唇を重ね合わせているだけなのに、翔泉に震えるような愉悦を与えてきた。

「やぁ……、っ、……、っ……」

口は塞がれて、あえかな声が洩れるばかりだ。剣峰は、それを舐め取ろうというように舌を動かした。翔泉の唇を舐めてくる。紅を塗るように丁寧に、何度も何度も繰り返し、すると翔泉の体の中の欲望が目を覚ます。震えが大きくなる。もっと、とねだってうねり始める。

「……ん、っ、……っ、ぁ……ん、っ……」

もどかしいほど念入りに舐められて、翔泉の唇はしとどに濡れた。そのことが神経をますます鋭敏にし、翔泉は体を震わせる。思わず手を伸ばし、剣峰の肩を摑《つか》んだ。自ら唇を押しつけ、より深い愛撫を求める。

「剣峰……、さ、ま……っ……」

翔泉は舌を出して、剣峰のそれをとらえた。彼は少し驚いたように身を震わせ、それに翔泉は煽られる。彼の舌を舐めあげると、ざらついた感覚が心地いい。ぞくり、と背に走るものが下肢に至り、裙子《くんず》に隠された翔泉の男が――欲望が、身をもたげ始める。

「ん、ん……っ、……ん……」

焦れったさに、翔泉は身を捩った。淫らな自分が目覚め始めているのを感じるけれど、それを隠す余裕はなかった――自分は、これほどに淫乱だっただろうか。しかし翔泉にすべてを教えたのは剣峰であり、同時にこうやって彼とくちづけをかわしているさまを見つめているのであろう紅雷と、敦夏で――彼らの視線を感じて、翔泉はまた震える。

「あ……ふ、っ、……、っ……ん」

剣峰も、翔泉の舌に応えてくる。翔泉が舐めあげると先に軽く咬みつき、翔泉の微かな声を吸い取ろうというようにくちづけを深くする。咬んだ痕を舐め、絡みつかせると吸いあげて、するとじゅくりと淫らな音があがった。

「っ……あ、ああ、……っ、……」

「淑妃……」

ふたりの声が、絡む。声の振動さえもが刺激になって、翔泉は震えた。剣峰の肩にかける手に、力が籠《こ》もる。彼を抱き寄せるようになって、するとその熱い体が重なってきた。重みさえもが心地いい。

「ふぁ……、っ、……、っ……」

唇を離し、舌だけを絡め合う。互いのそれを追いかけて、表面を擦り合わせ、したたる唾液を吸いあげる。あがる水音があまりにも淫らで、また体に走る快楽——そして確かに、自分が勃ちあがっているのが感じられた。

「……っあ、あ……ああ、っ！」

翔泉は、目を見開いた。襦《じゅ》の合わせに手がすべり込んでくる。裙子を引きあげる手がある。尖った乳首と、欲を孕んだ自身に同時に触れられ、翔泉は大きく目を見開いた。

「や、っ、……あ、……な、いき、な……り、……っ……」

唇を塞がれているせいで、うまく息ができない。言葉が綴れない。そのことがよけいに翔泉を煽り立て、体の中の熱が温度をあげる。

「ああ、……っ、ん、……っ！」

きゅっと乳首を捻《ひね》ったのは、誰の指か。下肢の欲望を擦りあげたのは、どちらの手か。深くくちづけてくる唇に夢中になっている翔泉には、それを探る術《すべ》もない。剣峰の舌が挿り込んできて、歯茎をなぞる。また敏感なところに触れられて、びくんと体が跳ねた。すると体に這っている手が違うところをすべって、新たな刺激に声があがる。

「っあ、あ……あ……ああ、んっ！」

口腔をかきまわされ、頬の裏を、舌の付け根を舐めあげられる。溢れる唾液が洩れこぼれ、顎にまで伝っていくのにも感じてしまう。

両の乳首をつままれた。それぞれが違う感覚なのは、紅雷と敦夏が、てんでに触れているのか——ああ、と思わず声があがった強さは、紅雷の指か。小刻みに、つつくように触れてくるのは敦夏の手か。

「ふぁ……、あ……、っ、……」

そして、両脚の間に育つ欲望を扱いているのはどちらなのか——そこは与えられる刺激を敏感に感じ取って疼きながら勃ちあがり、先端からしずくを垂らし始めている。

「や、ぁ……、っ、……」

くちづけだけで、少し触れられただけで蜜を溢れさせる自分を、誰かが気づいている——こんな、淫らな自分を。しかし耳に入るのは、ぺちゃぺちゃと舌がうごめく音、自らの喘ぎ声、そして下肢を擦りあげられての水音。

誰が、どこで、なにを——剣峰は、まるでそれを知ろうとする翔泉を押さえ込むように口腔を貪《むさぼ》り、淫らな翔泉を侮る声もせず——翔泉の体をもてあそんでいるのは、確かに紅雷なのか。敦夏なのか——まるで暗闇《くらやみ》の中に放り出されたような中にあって、不安が一気に押し寄せる。

「紅、雷……、さ、ま……っ……」

はぁ、と乱れた息の中、どうにか翔泉は声をあげた。

「敦夏……、さ、ま……ぁ……」

返事はない。ただくすくすと笑う声があって、それは紅雷と敦夏の声なのだと思うのだけれど——低く小さく笑う声だけでは、確信が持てない。

「より、感じるのではないか？　翔泉」

紅雷の声が、そう言った。しかしそれに応えることを阻むように剣峰の舌が翔泉の舌をからめとり、吸いあげては感じさせて、翔泉の思考を奪ってしまう。

「誰に、なにをされているのかわからない……それが、淑妃さまをより感じさせているようですね」

敦夏の声だ。確かにそこには、ふたりがいる。翔泉は安堵《あんど》に息をつき、その吐息を舐め取った剣峰が、体を起こす。

「剣峰……、さ、ま……？」

ふたりの唇の間を、銀色の糸が伝う。剣峰の黒い瞳がじっと見下ろしてきて、そのしたたる欲にぞくりとした。目を見開いて剣峰を見つめる翔泉は、彼が自分の腰に手をかけ、しゅるりと帯を解いたのを見た。

「な、……っ……?」

彼は目をすがめ、そしてその帯を翔泉の目にかける。手早く頭の後ろで結び目を作られて、翔泉は真の闇の中に放り込まれた。

「や、だ……、っ……!」

「なにも考えるな」

そう言ったのは、紅雷であったように思う。

「ただ、受け止めろ。……感じろ。そなたは、ただ予らにもてあそばれていればいい」

「いや……、はず、し……て……っ……」

自分で外そうと、手を伸ばした。しかし両手を上にあげたところで、両の手首を拘束されてしまう。布でも誰かの手でもない感覚は、敦夏の使う念動の技だったのかもしれない。

「や、ぁ……、っ、……ん、んっ!」

声をあげる口を、塞がれた。剣峰の唇ではない――乱暴に吸いあげ、舌を突き込んでくる。口腔を舐めあげられて、歯茎の裏に触れられたときにびくんと跳ねた、その場所を執《しつ》拗《よう》にいじられた。

舌と一緒に指も挿ってきて、それが頬の内側を掻《か》く。舌をつまんで、軽く引っ張る。そのような荒々しい刺激にも感じてしまい、跳ねた腰にはねっとりとしたものが絡む。勃ちあがった欲望を擦られ、先端をつつくようにされて、溢れ出す蜜を塗り込まれる。孔になにか細いものを突き込まれ——それが一気に中ほどにまで挿ってきて、未知の感覚に翔泉は喘いだ。

「い、ぅ……、っ、……ん、ん……、ぅ……!」

口腔の、感じるところすべてを擦られる。呼吸が自由にならないことまでが快感で、翔泉はひっきりなしに声をこぼした。同時にしたたる蜜は首筋にまですべり落ち、それにさえ感じてしまう。

「やぅ……、ん、っ……、ん、んっ!」

襦をかきわけられ、平たい胸にすべるのは——やはり、濡れたなにか——それが、尖りを根もとからをすくいあげる。先端をくすぐる。両方の乳首を同時に、しかし違うやりかたでいじられて、そこはますます硬く尖った。

はぁ、はぁ、と呼気が荒くなる。しかし呼吸さえも自由にはできなくて、頭の中が真っ白になる。視界を奪われ呼吸を奪われ、思考さえも失って、翔泉は自分の体が形をなさないものになっていくのを感じていた。紅雷の言ったとおりに、ただ快楽を感じるのみ——。

勃ちあがった欲芯の中をいじっていたものが、ちゅくんとすべり出た。同時に強く乳首を吸われ、舌をくわえて舐めあげられて——翔泉は、あっけなく自身を放った。

「……あ、……ああ、あ……あっ！」

どくり、と白濁が流れ出すのがわかる。息が苦しい。しかし口腔を犯す者は容赦なく舐め、舌を咬んでは痕を辿り、歯のひとつひとつまで確かめるようにいじられて、その刺激だけでもまた達ってしまいそうなのに。

「ひ、ぅ……、ん、っ、……っ……」

乳首に、歯が立てられた。翔泉の体はびくんと反応して、今度は吸われてまた跳ねた。体の中に、刺激が走る――それは高い熱になって、腰にわだかまる。放ったばかりの自身が、また力を得る。流れる蜜を擦りつけるように触れられて、硬くなっていく自身がどうしようもなくもどかしくて、揺すった腰を押さえられる。欲望を、生温かいものが包んだ。強く吸いあげられて、再び――。

「や……ぁ、……う、……っ、……」

先端に舌が絡む。ざらりとしたところで何度も擦られて、翔泉は大きく体を震わせた。別の濡れたものが、腿《もも》にすべる。内側の柔らかいところを何度も舐められて、そこからも欲望が迫りあがる。

反応しているのは、翔泉の男ばかりではない。双丘の奥の、後孔――そこが、わずかにひくひくとし始めているのがわかる。教え込まれた欲望が、淫らに動いているのが自分でも感じ取れる。

「ふ、……、ぅ、く……、っ……」

腰が揺れて、自らを含む誰かの口腔の中で、弾けた。いきなり氷でも押しつけられたような怖気《おぞけ》が背中を走っていく。ああ、と翔泉は声をあげ、絶頂の快楽を味わいながらも、自分の中にもっと、もっととねだる気持ちが生まれていることに気づいた。

「も……、っ、……と……」

くちづけに奪われた唇が、掠れた声を洩らす。すると唇の主が、ふっと小さく笑う。その呼気にも感じてぶるりと震えた。すると、また快感が——指先にまで流れ込むそれは、つぅと脚を這う熱い舌に煽られたものだったか——つま先に、ちゅくりとくちづけられた。それはまるで恭しく捧げられた敬愛の証のようだったのに、ひどく感じた。指の先が大きく反って、すると足の親指にがりりと歯が立てられる。

「ああ、も……っ、……、と、ぉ……」

思わず洩れた自分の声は、やたらに耳にはっきりと届いた。翔泉は息を呑み、その声のあまりの淫らさに、体中がかっと熱くなった。

「翔泉」

名を呼ばれ、震える声で返事をする——それがちゃんと声になっていたかどうか、自分ではわからない。誰かの手が目隠しをしている帯を取り、いきなり入ってきた光に目の前が真っ白になった。

「や、っ……、っ……」

唇を吸われ、先ほどまでの過激な刺激が嘘《うそ》であったかのように優しく舐められた。ややあって、視界がはっきりとしてくる。目に映ったのは、金色の瞳――間近で輝くそれはあまりにも淫猥《いんわい》な色を放っていて、思わず固唾《かたず》を呑んだ。

同時に目に入ったのは、耳の内側を赤く染める、情欲の証。自分を抱いて感じているのだと、欲を煽られているのだということを視覚から感じ取った翔泉は、体の奥がずくりと疼くのを感じた。

「ほしいところを、言え」

紅雷は、低い声でそう言った。戸惑《とまど》いに視線を泳がせると、黒い瞳と紅い瞳が、じっと翔泉を見下ろしているのがわかった。あれほどもてあそばれた体に触れる者は誰もおらず、ただ再びまなざしで犯されて――翔泉は、臥台の上で身じろいだ。

「あ、……や、っ……、っ……」

「言え。どこを、いじってほしい？」

「だ、め……、っ、……、っ」

言えるはずがない、と思った。疼く口腔も、尖った乳首も勃った欲芯も、どこもかしこも愛撫を求めている——つま先までにくちづけられて、それでも誰も触れてこなかった、ひくついている奥——。

「では、やらぬぞ」

紅雷が、にやりと笑った。そのあまりの淫らさに、咽喉が鳴った。ほしい、とねだる気持ちは目隠しをされていたときには素直に口に出せたのに、こうやって三人に見つめられているのを自分の目で知ってしまっては、にわかに羞恥となって翔泉を震えさせる。

「奴才たちは、下がりましょう」

唇の端を持ちあげながら、敦夏が言った。

「淑妃さまは、お気が向かないようですから……無理強いは、酷というもの」

「や……、っ、……！」

翔泉は反射的に跳ね起きようとして、しかし肩にかかったのは剣峰の手だった。彼は翔泉を押さえつけ、その欲望に満ちた瞳でじっと見つめながら、言った。

「言えぬのなら……、見せてみろ」

「んぁ、……っ、……？」

「どこにほしいのだ？　見せろ……、私たちに」

翔泉は、ためらった。六つの欲を漲《みなぎ》らせている眼に見下ろされて、ふたつ呼吸をする間躊躇《ちゅうちょ》して、そしておずおずと、自らの腿に手をかけた。

「こ、……こ、……っ……」

羞恥と欲望の板挟みになって、それでもどうにか、口にした。

「お、……願い、っ……」

腿をあげて、脚を開く。くちゅり、と音がしたのは三人に聞こえただろうか。勃ちあがった欲望、膨らんだ蜜嚢《みつのう》、そしてその先――双丘の間の、秘められた蕾。

「ここ、に……、っ、……」

言ってしまってから、ぎゅっと目をつぶる。すると涙が目尻をしたたって落ちた。唇を噛《か》む。すると、また涙が流れた。

「ああ、かわいそうに」

敦夏がそう言って、涙を舐め取った。その柔らかい舌の感覚に、少しだけ緊張がほどける。同時に、ほしがってわななく部分に押し当てられたものがあった。

「やぁ……、あ……ん、な……、っ……」

紅雷が、下肢の蕾にくちづけたのだ。よもや唇を押し当てられるとは思っていなかった翔泉は驚き、しかし腰にかかった彼の手が、翔泉を拘束してしまう。

「ん、……な、ぁ……ぁ……、っ……」

「ほしいのだろうが?」

そこをねとりと舐めあげながら、紅雷は言った。

「挿れてほしいと、言ってみろ。されば……そなたの望みどおりにしてやる」

「いぅ、……っ、う……ん、んっ!」

舌の先が挿ってくる。そこは刺激を過敏に受け止め、震える唇を剣峰が奪った。喘ぎ声は吸い取られて、またうまく呼吸ができなくなってしまう。

「ここに……誰のものがほしい? ……すべてを、と言うか?」

「や、ぁ……、っ、……っ……!」

紅雷と剣峰、ふたりの欲望を突き込まれたときのことが蘇る。あの容赦のない攻めは、翔泉の体には過激すぎて――同時に、忘れられない愉悦だった、記憶が背を這い、背中の筋がぞくぞくと震える。

「ん、……っ、ん……ん、っ、……」

口腔を奪われ、頬を舐めあげられ、そこでの愉悦を受け入れながら下肢の蕾をも拡げられて。ひくん、とそこが震えたことを紅雷が気づかないわけがない。彼の吐息とともに、再びくちづけが押しつけられる。

「んぁ……、っ……、ん、ん……！」

敦夏の歯が、きゅっと咬んだのは耳朶《じだ》だった。びりびりと伝いくる刺激に驚いた。思わず大きく身を震って、喘ぐ呼吸はくちづけに吸い取られる。

「あなたは、感じないところを探すほうが難しいですね」

楽しげに、敦夏が言った。彼の舌が歯の痕を這ってまたわななきが走る。新たに刺激される部分に注がれていた感覚は、後孔を拡げる指に反応して腰を大きく貫いた。

「や、ぁ……あ、……っ、……」

そこは、悦んで指を呑み込んだ。伝いのぼってくる快楽が、唇をわななかせる。洩れる喘ぎは剣峰に吸い取られ、うまく呼吸ができないことはさらに神経を敏感にする。

「もう、こんなに柔らかいのだな。……待ちかねていたのは、本当だったらしい」

「っあ……、や、……っ……ぁ」

挿り込む指が、二本に増える。それがぞくぞくとした刺激になり、思わず呑み込んだものを食い締める。

「急《せ》かしているのか？　それとも……」

「っあ、……あ、ぁ……、ぅ、……ん、っ！」

指が、体内の感じる箇所を擦る。性感の集中している部分をいじられて、背が強く大きくしなった。

「やぁ、あ……ああ、あ……っ……」

深くからついた息は、剣峰に舐め取られる——体が跳ねて、そして下肢の奥から熱を吐き出す衝撃があった。

はぁ、はぁ、と何度も浅い呼吸をする。それはなおも吸い立ててくるくちづけに奪われて息が足りず、翔泉の目の前は白く染まった。まるで雲の中を漂うような感覚は、しかし指を引き抜かれて引き戻され、続けてまだきつい蕾を押し拡げられる疼痛《とうつう》に、翔泉は目を大きく見開いた。

「ひ、ぁ……あ、あ……、……！」

ずくん、と太いものが挿ってくる。襞を拡げる、内壁を擦る。体の中を閃光《せんこう》が走り、翔泉は身を引きつらせた。

「この程度で、そのような声をあげるのか？」

はっ、と息をつきながら紅雷が言った。

「この先……もっと、そなたを攻め立ててやろうというに。音《ね》をあげるのは、まだ早いぞ」

「や……、っ、ん……、っ……」

唇は剣峰に奪われたまま、下肢を紅雷に貫かれて。わななく翔泉の肌をすべるのは、柔らかい手だ。撫であげられているだけなのに、まるで体の奥をかきまわされているような感覚に、呼気がますます乱れる。

ずく、ずくと続けざまに、内壁を擦りあげられた。粘ついた音があがる。同時に最奥を荒らし乱すような敦夏の手の動きが、もどかしさを生んだ。下肢を捻るとまた奥を突かれ、感じる部分から衝撃が走った。

「ああ、あ……、っ、……、ぅ……」

舌を吸われて、したたった唾液が顎を伝う。その痕を辿るのは、肉刺《まめ》のできた分厚い手のひらだ。それは翔泉の肌を撫で、敦夏の手とは違う感触で翔泉を感じさせる。

指先に乳首をつままれ、爪を立てられて腰が跳ねる。すると呑み込むものの角度が変わって、また体は反応した。呼吸のできない苦しさに目の前が霞み、しかし深くを抉られ突きあげられ、そのたびに意識が揺すぶられてまた翔泉は快楽の声をあげる。

「っ、ん……ん、……ん、っ……」

敦夏が、その白くなめらかな手で翔泉自身を摑んだ。扱きあげられて瞠目《どうもく》し、その瞳に映ったのは、苦悶《くもん》の表情を浮かべる剣峰だ。

「剣峰、さ、……ま、……?」

「淑妃」

呻くように彼は言う。彼はさんざん嬲《なぶ》った唇をひと舐めすると、体を離す。抱きしめられていた体温を失ったことを惜しく思ったけれど、すぐに突きあげられ、かきまわされる刺激に思考が霧散する。

「っあ、あ……ああ、あ、あ！」

扱きあげられる自身に、舌が這う——垂れ流れる蜜を舐められ、舌先が鈴口に突き込まれる。幹は敦夏の手に翻弄されて、自身に与えられるあまりにも濃厚な刺激、そして後孔に突き立てられ内壁を乱される刺激に、思わず深く息を吸った。

「や、ぁ……、ぅ、……、っ、……」

今まで唇を塞がれていたぶん、濃厚に肺を満たされて翔泉は息を詰まらせる。同時に扱かれ、舐めあげられる自身がぶるりと震えて——放出は、あまりにも強烈な快感だった。

「あ、……あ、あ……、っ、……、……」

情動は下肢を伝い、後孔に力が籠もる。紅雷が、低く呻いた。彼の声に揺すぶられた瞬間、灼熱《しゃくねつ》が体内に放たれ、その温度に指先にまで痺れが伝わった。

「やぁ……あ……、ああ、あ……っ……！」

咽喉が痛むほどの声をあげ、翔泉はそれを受け止める。まるで全力で駆けたあとのような浅い呼吸しかできず、その苦しさにわななく翔泉は、耳もとに注ぎ込まれるささやきを聞く。

「翔泉……、まだだ」

紅雷が、低い声で言った。

「まだ……そなたを、すべて味わってはいない」

「紅雷、さま……」

淑妃、と呼んだのは剣峰だ。彼は濡れた翔泉自身を舐めあげ、その放った白濁を絡めた舌で自らの唇を舐める。

「奴才にも、蜜をいただけませんか」

「あ、……、っ、……、っ……」

敦夏が肌を撫であげ、その奥から生まれる熱は、まるで感じる部分に直接触れられているような刺激になる。

「だ、め……、も、……、ぉ、……」

「まだだと言っただろうが」

紅雷が咬みつくようにくちづけてきて、それは新たな、深すぎる快楽の始まりだった。

太いものを受け挿れている秘所に、指が挿し入れられる。きつい肉を拡げられる感触に翔泉は呻き、しかしそれは苦悶の声ばかりではなかった。

「ほら……、私をも、受け挿れるのだろう?」

耳もとに、剣峰のささやきが注ぎ込まれる。翔泉は、はっと目を見開いた。快楽の涙に曇った目に、剣峰の姿が映る。耳の内側を赤く染め、その黒い目から欲情をしたたらせた剣峰は翔泉の頬にくちづけた。伝う涙を舐め取る彼の呼気は、色めいて荒い。

「翔泉」

唇を奪う紅雷が、ささやきかけてくる。彼は翔泉の腰と背に手をまわし、敏感な肌がびくりと反応するのにも構わず、抱きあげた。

「ひ、……ぅ、……、っ……!」

腰を引きあげられて、呑み込む角度が変わる。奥を抉るものが内壁を擦りあげ、腹の奥がかっと熱くなった。

「っ、あ……や、ぁ……、っ……」

抱き寄せられて、紅雷の胸に収まる。顔をあげると翔泉を見下ろす金色の瞳があって。その金と黒の混ざった髪、凛《りん》と立った耳の内側は鮮やかに赤く染まっていて、その艶めかしさに翔泉は見とれた。

「……ぃ、……っ、う、ぁ……!」

「なにを、ぼんやりとしている」

繋《つな》がった下肢を、突きあげられたのだ。最奥の、感じる部分を擦られて悲鳴があがる。とっさに後孔に力が入り、呑み込んだ紅雷自身と突き込まれた指を締めつけてしまう。

「ふ、ぁ……、っ……」

「なるほど。誘うだけの余裕があるのだな……」

翔泉の腰に、紅雷の指がかかった。臀《しり》を拡げられ、敏感な皮膚を伸ばされる。すると呑み込んだものを感じる神経が鋭くなって、翔泉はまた声をあげた。

「淑妃」

呻くように、剣峰がささやいた。彼の指が秘部から抜け出、はっ、と息をつく間もなく新たな熱杭《ねっくい》が挿り込んでくる。

「や……、ぁ、あ……、ああ、あ……」

感じやすい神経を直接、刺激される――太いものが、ずく、ずくと挿ってくる――翔泉は甲高い嬌声をあげ、とっさに手を伸ばした。

「……っあ、は……、っ……！」

なにか、柔らかいものに触れた。同時に後ろを拡げられ、悲鳴があがる。熱い欲望が、新たに翔泉の後孔を破ろうとしている――はっ、と翔泉は乱れた呼気を吐き、触れた柔らかいものに指を絡めた。

「……、翔泉」

「あ……、っ、ああ、……!」

耳の端を、がりりとかじられる。痕がつくほど咬まれて、その痛みに翔泉は身をすくませる。とっさに手に触れているものをぎゅっと摑んでしまい、すると体内の紅雷がびくりと反応した。

ひとまわり大きくなったそれに、翔泉の口からは嬌声があがる。その隙《すき》を突きあげるように、後ろから翔泉を抱く剣峰の欲望も中でひくつき、翔泉は新たな声を洩らした。

「ふふ、淑妃さま……それは、酷というものでしょう」

翔泉自身に触れ、その柔らかい指でなだめるような愛撫を繰り返していた敦夏が、くすりと笑った。

「金狼族の弱点を、ご存じですか? 閨《ねや》ごとのときには……」

「敦夏。よけいなことを申すな」

はっ、と荒い息を吐きながら紅雷が唸《うな》った。そして彼は翔泉の腰から手を離すと、その尾に絡んでいた指をほどかせる。

「あ、……、紅雷さ、ま……っ……?」

見あげる彼は、目をすがめて翔泉を見つめていた。そのまなざしがどこか照れを含んでいると思った刹那《せつな》、後ろをずくんと突きあげられて翔泉はきつく背を反らせた。

「ん、ぁ……、ああ、……、っ、あ……！」

太い双方は、翔泉の中をかき乱す。敏感な内壁を擦られ、最奥を突かれ引き抜かれては、感じる部分を刺激される。声をあげる翔泉は、さらに勃ちあがりきった自身を敦夏の巧みな指使いで追いあげられて、身を捩らせた。

「っあ……、っ……、あ、あ……ぁ……」

紅雷は、とらえた翔泉の指を自分のそれに絡ませる。迫りあがる快感にぎゅっと手を摑むと、握り返される。伝わってくる熱は高く、彼が自分を抱いて欲情していることをまざまざと感じて満たされるのと同時に、

「……ひ、ぅ……、ぅあ、ああっ！」

後ろからまわってくる手が、翔泉の胸を撫であげる。深くまでを突きあげられて、ぞくぞくと快感が体中を走る。翔泉のわななきを追い立てるように敦夏の手がうごめいて、勃ちあがりきった翔泉の欲望を扱く。

「あなたが、ここに触れられて……感じるように」

蜜の溢れ出るその先端にくちづけながら、敦夏は言った。

「金狼族は、尾に触れられるのがたまらない快楽なのですよ。耳の内側が紅くなって……それは、あなたも見たでしょう?」

「ふぁ……、……、っ……ん、……」

返事にもならない返事をしながら、翔泉は視線をあげる。今までにも見た、頭の上の耳の赤さ。目に映すだけで欲情をそそるそれを見つめながら、おぼつかない口で翔泉はつぶやいた。

「心地よく……、なるのですか……? 紅雷さま……」

紅雷はなにも言わず、まるで翔泉を責めるように突きあげてくる。荒い呼気とともに、翔泉は紅雷を見つめた。しかし耳の端に歯を立てられて、体が大きく反ってしまう。

「あなたも、感じるでしょう……ここが。普段は、触れられてもなんともないのに」

「や……、敦夏、さ、ま……っ……」

「それと、同じですよ。なんなら、もっと……」

ひぅ、と翔泉が声をあげると、もう片方の耳に剣峰が咬みつく。歯を立てられて、それは確かに痛みなのに、ぞくぞくとした悪寒となって翔泉の背を走る。

「や、ぁ……、や、め……、っ……」

とっさに手に力を入れた。摑み返してくる強さに、また背筋を駆けるものがある。その衝撃に体が引きつり、すると下肢に呑み込んだ熱さが反応を示した。

「……っあ、……ああ、……っ……」

「それほどに反応するか、翔泉」

ぞくりとするような声音で、紅雷がつぶやく。そのささやきにも感じさせられ、また翔泉は身を震った。

「だめ……、もう、……、っ……!」

紅雷の声が引き金になったのか。翔泉の身の奥で、熱いものが脈打つ。それを追いあげるように敦夏の手が動き、くぐもった声とともに翔泉は放っていた。

「……っあ、……あ、……ああ、……っ……」

大きく、身を仰《の》け反らせる。倒れ込みたいような脱力感は、しかし彼の体を支配する、ふたりの男の腕の中に消えていく。背を剣峰に抱かれ、淫らな吐息を洩らす唇は後ろを向かされて彼にとらえられる。吸いあげられ咬みつかれ、同時に反った首筋には紅雷の歯がすべって、その鋭い痕が残される。

「ふふ」

小さく笑ったのは、敦夏だった。彼は、絶頂を迎えたことに力を失った翔泉自身から手を離し、そこにまとわりついた白濁に舌を這わせる。その光景に、翔泉は目を見開いた。

彼の紅い舌がうごめくさまが、あまりにも艶めかしい。敦夏の紅い瞳に、淫液を舐め取る舌に目を奪われながら、ふたりに下肢を突きあげられて息が詰まる。

「……ん、……っ、……！」

唇を塞がれていることで、満足に息ができない。吸いあげられて舐めあげられて、舌を突き込まれてかきまわされて。

息ができないことに意識がぼんやりしてくるのに、下肢を貫かれる感覚は鮮明だ。ずくんと突きあげられて声をあげて、それを追いかけるように胸に這った舐めあげられる感覚に翔泉は嬌声をあげる。

「な、ぁ……、や、……っ……ん、ん！」

剣峰に奪われていた唇がほどけ、はっと熱い息をつく。しかし紅雷に新たなくちづけを与えられ、呼気はまた塞がれる。剣峰の舌と歯は翔泉の首筋に這い、そしてもどかしいほどゆっくりと胸の尖りを舐めあげるのは、翔泉の欲液を舐めとった敦夏の舌だ。

「んや……、ぁ……、ん、……んっ……」

責めあげられる翔泉の体の奥では、熱い楔《くさび》がうごめいている。ふたりはてんでに引き抜き、突きあげ、また抜いて、敏感な蜜壁を容赦なく擦った。

同時に与えられる強烈な刺激に、翔泉の意識は霞み始める。唇を吸いあげるのは誰か、

首筋に咬みつくのは誰か、乳首を舐めるのは誰か——そして、最奥を突いては引き抜き、内壁を犯す熱さは誰のものか。

「や、ぁ……、ぁ……、っ、ん……っ！」

「翔泉……」

低い声で、名を呼ばれる。その主が誰であるのか、その掠れた調子はなにゆえなのか。どくん、と秘所の奥を食い破るようにうごめいた熱は、なんなのか。

「淑妃」

熱い呼気が、首筋にかかる。再び身の深い部分で律動があり、体中がそれに震えた。ぞくりと肌がわななくいて、まるで寒さを堪えるかのようなのに、裏腹にどうしようもない熱がさいなんでくる。

「だめ、……っ、だ……め、……っ……」

「なにが、だめだ」

直接触れ合う唇がそう動き、そして体の奥に放たれる熱を知る。それは最奥を凄まじい熱さで濡らし、指先にまで走る快感を生み出す。全身を痙攣させて快楽を受け止めていた翔泉は、続けざまにまた奥を濡らす衝撃に声を失った。

「……っ、あ……、っ……、っ……」

「おふたかたの熱を受け止めるのは、どういう心地ですか？」

ぺろり、と硬く凝っている乳首を舐めあげながら敦夏が言った。

「あなたの中は、さぞ心地いいことでしょうね？　今さらながらに、己が身を呪《のろ》わしく思いますよ……」

「あ、ああ、っ！」

言いざま、歯を立てられて翔泉は声をあげる。それは掠れて乱れた声で、そのような声をあげる己を恥じたけれど、中で硬さを失わないふたりの欲に突きあげられて、羞恥などはすぐに消えてしまう。

「や、ぁ……、っ、……あ、あ……、……！」

ふたりが腰を使うたびに、ぐちゅぐちゅと淫猥な音がする。繋がった部分から溢れる粘液が敏感な肌を伝い、それにもまた感じさせられた。

「……っ、う……あ……ああ、……っ……」

それは体の奥に放たれた、白濁だ。これほど溢れてくるということは、いったいどれくらい注がれたのか。粘着質の音は翔泉のあげる途切れ途切れの嬌声と絡み、奇妙な響きとなって龍房に広がる。

「も……、っ、……ぁ……、ああ……あ！」

もう、これ以上は。そう思ったのに、敦夏のしなやかな手が翔泉自身に絡み、力を失いかけていたそれを扱きあげる。その刺激と、秘所を押し拡げられ中を抉られる感覚が鮮やかに翔泉を襲い、また新たな欲望にとらわれてしまう。

「や……、ん、……っ、……っ……」

嗄《か》れた咽喉から、声が洩れる。それが奇妙に淫らに聞こえて、懸命に堪えようとした。するとと呼吸がうまくできずに、まるで溺《おぼ》れる者のようなくぐもった声になった。

「翔泉……、声を聞かせろ」

翔泉に向かい合って、その奥を抉る男がそう呻いた。応えるように、呼気が洩れる。涙に潤んだ瞳には、その耳が立ち赤く染まっている艶めかしいさまが映る。

「おまえの声は、麗しい……特に、この感じている声が、な」

「ああ……、っ、あ、あ!」

そうささやく声とともに、最奥を突いてくる。ぐちゅ、と粘ついた音に翔泉の喘ぎ声が絡みついた。

「そうだ……、聞かせろ……まだ、もっと」

唸り声は、動物のそれのようだ——そう、彼は金狼族で、その本性は狼《おおかみ》であると言われている——ならば、翔泉はその狼に捕食される小さな動物に過ぎず、こうやってもてあそばれるのも道理。その憐《あわ》れな小動物を翻弄するもうひとりの男が、後ろから翔泉の耳に歯を立てる。

「いぁ……、ああ……っ、あ、あ！」

「そのまま……、淑妃」

その痕に舌を這わせながら、剣峰がつぶやく。

「声をあげろ。……どれほど、感じているのか……」

そう言う声とともに突きあげられて、また嬌声があがる。押しとどめようとしても唇は開き、絶え間ない声を響かせる。

「……淑妃」

低く呻いたのは、剣峰だ。彼の欲望が、奥を刺激する。それに反応して、翔泉は体を痙攣させた。

「あ、あっ……あ、……あっ！」

翔泉の全身がわななくのと同時に、深いところで熱いものが弾ける。その温度に翔泉の体には力が籠もり、耳もとで呻く誰かの声がした。

「翔泉……、っ……」

熱を孕んだ淫液が、体の中を焼く。その衝撃に蠕動《ぜんどう》する内壁は、新たな衝撃に軋《きし》みをあげる。

「や、ぁ……、っ、……ぁ……」

ぶるり、と身が大きく震えた。ふたりぶんの淫液を呑み込みきれず、熱いものがしたたる。その温度が腰の奥に流れ込み、敦夏の手に包まれた自身が、弾けた。

「ふふ……」

低い笑い声が聞こえる。反射的に翔泉はそちらを見やり、目を細める敦夏と視線が絡まった。

指を汚す白濁に、赤い舌を這わせる彼はうつくしかった。思わず翔泉は見とれ、艶美な笑みを浮かべた敦夏は、つぶやく。

「あなたは……、あなたがたは、本当に奴才を楽しませてくださる」

達することのない彼にとっての性感は、どこにあるのだろう――ぼんやりとした意識の中で翔泉は考え、そんな翔泉の視界の中で、敦夏は笑みを濃くした。

「まだ、でしょう?」

ぞっとするような甘い声で、彼は言う。

「まだ、奴才を悦ばせてくださるのでしょう? ねぇ……」

翔泉の欲液を舐め取った舌が、近づいてくる。それに唇を舐められて、自らの味に顔をしかめた翔泉を、彼は笑った。

「そのようなお顔をなさって……ますます奴才を煽るのだということが、わかりませんか？」

「敦夏、さま……？」

くちづけられて、舌を絡めとられる。それに口もとを震わせた翔泉の身の奥で、すでに放ったはずの男たちが反応した。後ろから抱きしめられ、体の形を確かめるようになぞられて。これ以上はないと思った欲望が、頭をもたげ始めるのを翔泉は感じた。

「や……、う、……、っ……」

彼の欲には、果てがないのだろう――それにつられるように翔泉は、そして翔泉を抱くふたりの男は、淫欲を漲らせる。

「あ……あ、あ……っ……！」

翔泉は、嗄れた咽喉をわななかせた。もう何度目になるのかもしれない、悦楽の波が押し寄せてくる――。

第五章　星の女の運命

磨いた銅の鏡の前に、翔泉は座っている。

その髪を梳《す》いているのは、銀青だ。櫛《くし》には椿《つばき》の油が沁み込ませてあり、銀青が手を動かすたびに心地よい香りが立つ。それ以上に翔泉を誘惑するのは、衝立《ついたて》の向こうの房から漂ってくる、粥《かゆ》の匂《にお》いだった。

「いい匂いですね……」

櫛を動かしながら、銀青が言った。

「今日は、栗の粥みたいですね。栗も熟して、ちょうどいいころですもんね」

「銀青、早くしてくれるかな」

そわそわしながら、翔泉は言った。

「冷めないうちに食べたい……さっきから、腹が鳴ってるんだ」

「あ、申し訳ありません！」

慌てる銀青に、翔泉はくすりと笑う。銀青は手早く、しかしきっちりと翔泉の髪を結いあげた。いい香りの漂ってくる房に入ると、給仕の女官たちが迎えてくれた。

「初ものの、栗でございます」

「道理で。いい匂いだと思った」

「どうぞ、お召しあがりください」

引かれた倚子《いす》に座り、匙《さじ》を手に取る。白磁の碗《わん》に盛られた粥はいかにも美味《うま》そうで、翔泉の腹はまた、ぐうと鳴った。

ひと口、ふた口と予想に違《たが》わぬ美味を味わう。息をつき、顔をあげると銀青がにこにこしながら翔泉を見ていた。

「なに？　なにか、おかしい？」

「いいえ。ただ淑妃さまが美味《おい》しそうに召しあがるから」

銀青の言葉に、恥ずかしくなる。思わず匙を置き、同時に腹の奥がかっと熱くなるのに気がついた。

「な、……、っ……？」

「淑妃さま？」

続いて迫りあがってきたのは、猛烈な吐き気だ。翔泉は倚子から転がり落ちて床に膝《ひざ》をつき、波斯絨毯《ペルシャじゅうたん》の上に嘔吐《おうと》した。

「淑妃さま！」

銀青、そして女官たちの声がする。大丈夫、ただ少し気分が悪くなっただけ——そう言おうとしても、腹の奥のむかつきが上まわって声をあげることができない。吐くものがなくなっても嘔吐は続き、やがて気が遠くなる。意識が白くなるのを感じながら、翔泉はその場に突っ伏した。

気がつくと、翔泉は夜着をまとって臥台の中にいた。状況がわからず、何度もまばたきをする。房は明るく、まだ陽は高いはずなのに。

「淑妃さま！　お気づきになりましたか！」

銀青だ。銀色の耳を持つ少年は、翔泉の臥台に縋《すが》って今にも泣き出しそうな顔をしていた。

「銀青……」

「粥を召しあがったあと、倒れられたんですよ……お気を失われて、今までお目覚めにならずに」

「倒れた……？」

頭がぼんやりする。翔泉は体を起こそうとして、するとぐらりと眩暈《めまい》がして、再び臥台に伏せてしまう。

「ご無理はなさらないで」

銀青が、掛布をかけ直してくれる。

「三日も、意識が戻らなかったんです。お力が入らなくて、当然です」

「……え」

せいぜい、朝餉《あさげ》から何時間か経った程度だと思ったのに。三日も経っていたとは。かたわらを見ると、卓の上に蓋碗《がいわん》がいくつも置いてある。

「お薬です。原因がわからなくて、侍医も困って……結局、効いたのは紫花地丁《しかじちょう》の煎《せん》じ薬だったんです」

翔泉は、目を見開いた。銀青は、そのかわいらしい顔を苦悶に歪《ゆが》めている。

「紫花地丁って……、解毒の薬草じゃないか」

はい、と銀青はうなずいた。翔泉は、自分の体温がさっと下がるのがわかった。解毒の薬が効いたということは、つまり翔泉は、毒を盛られたのだ。あの栗の粥の中に毒が入っていたに違いない。

「なにかの……間違いじゃないのか？　傷んだものが入っていたとか。俺……わたしの、体の調子が悪かったとか」

しかし銀青は、表情を変えない。間違いなく、翔泉は毒を盛られたのだ。ごくりと固唾を呑む。

「どう、して……」

「畏れながら、淑妃さまは張姓の星であるとの託宣を受けられました」

沈んだ声で、銀青は言う。

「そんな淑妃さまを嫉《ねた》んで……後宮の誰かが、毒を……」

再び翔泉は、唾《つば》を飲み下した。毒を盛られたということは、死んでいたかもしれないのだ。ここにいたのが妹の翔香なら、彼女が死んでいたのかもしれないのだ。妹の身代わりとして後宮に入ってから、心安まるときがなかった。入宮の直前に行方不明になった翔香を恨んだこともあった。

しかしこうやって狙《ねら》われたのが妹でなくてよかったと、今さらながらにほっとした。後宮とは、このように恐ろしいところだったのだ——害毒に遭ったのが、自分でよかった。

まだ苦しい胸を押さえながら、翔泉は息をつく。

「あの、僕、ちょっと行ってきます」

にって」

「皇上が、心配しておられるんです。淑妃さまのお気がつけば、いつ何時でも報《しら》せるよう
「どこに？」

「紅雷さまが……？」

いつも不遜で、嵐のような男である紅雷が心配など――あまりに彼には似合わないことだと思い、それでもこの身を懸念してくれる者があることは嬉しいと思った。

「皇上も、光禄《こうろく》さまも……ずいぶんと、淑妃さまのことをご心配で。日に何度もお見舞いにいらしているのです」

「剣峰さまも？」

紅雷以上に、剣峰に心配されるとは意外だと思った。彼に情がないとは思わないけれど、翔泉などを心にかけて、見舞いにまで来るとは――剣峰には翔泉の知らない一面があるのかもしれない、と彼に対する認識を新たにする。

「そして、敦夏さまも。一番、足繁くおいでになりました」

「……敦夏さままで」

それこそ、意外だ。熒《けい》族のあの不思議な力で翔泉をもてあそび、玩具《おもちゃ》のように扱う彼が、翔泉の身の懸念など。彼にとって自分はただの遊びものだと思っていたから、翔泉は彼の

訪問を聞かされて一番驚いた。

「皆さま、本当にご心配でした。見ている僕が、辛くなるくらいに」

「そう……」

ご報告してきますね、と銀青は言い、ぱたぱたと足音を立てて走っていった。馴染《なじ》みの女官たちが入ってきて、口々に翔泉を案ずる声をかけてくる。大丈夫だと答えながら、翔泉は奇妙な感覚に陥っていた。

(後宮は、恐ろしい場所……だけれ、ども)

白湯《さゆ》だ、薬だ、と女官たちが面倒を見てくれる。銀青の心配の表情といい、彼の伝えてくれた、紅雷たちの気遣いといい。

(そればかり、ではない……のかな……?)

このようなことがなければ、紅雷が、剣峰が、そして敦夏が翔泉をどう思っているのか理解することはできなかったのだ。毒を盛られてよかったなどとは言わないけれど、なにもかもがすべて悪いことばかりではなかった——白湯の碗を手にしながら、翔泉は息をついた。

「淑妃さま？　まだお加減が……」

「いいえ、もう大丈夫よ」

すっかり慣れた、女の口調で反応するだけの余裕も出ている。毒を盛られるというおおごとのあとながらこのように落ち着いていられるのは、銀青が聞かせてくれた話ゆえに違いなかった。


その夜、翔泉の臥房《しんしつ》を訪ねてきたのは敦夏だった。銀青の先導でやってきた彼は、翔泉が見たこともないような表情をしていた。

「もう、起きあがっても大丈夫なのですか？」

「はい。ご心配をおかけいたしました」

それでも、まだ臥台から出ることはできない。半身を起こした体勢で、翔泉はうなずいた。

「申し訳ありません。このような失態を」

「あなたのせいではありません」

懸念を隠しもしない表情で、敦夏は言った。

「皇上も、ご心配とともにお怒りで……必ず、下手人を挙げてみせると」

「はい。そう伺いました」

もったいない話だ。後宮の妃ひとりのために、皇帝自らが動くとは。恐縮しながらも、しかし紅雷の気持ちが嬉しいのは事実なのだ。

「敦夏さまにも、わざわざお運びいただくなど。恐縮です」

「愛《いと》しいあなたの顔を見るためです。当然のことではありませんか」

敦夏の口調に、ほっとした。その表情は翔泉の具合を懸念する彩りに満ちていたけれども、いつもの彼の本気なのか戯れなのかわからないもの言いは、彼の目にも翔泉が回復していることがわかるということだ。

「今、宮正たちが動いています。すべての妃たちの手のうちを洗い、必ず凶手を探し出しましょう」

「下手人が、後宮の中にいるとは限らないではありませんか」

翔泉がそう言うと、敦夏の表情が変わった。今までに見たことのない怒りの顔つきだ。彼がそのような色を見せるとは思わなかったので、翔泉は驚いた。

「あなたは、星の女であるということを軽く見過ぎている」

その口調も厳しかった。銀青はおろおろとふたりを見ているし、翔泉は目を見開いて敦夏に視線をやった。

「瑾族においては、そのようなことはあまり重要視されないようですが……ご存じのとおり、この国にはあまりにもたくさんの民族がいます。中には、星であるということがとても重要な……星こそが国を動かすと信じている者たちもたくさんいるのです」

「そう……なの、ですね……」

ためらいとともに、翔泉はそう言った。星の女だ、張姓の星だ、と言われてもなんらかの自覚があるわけではないし、そもそも星は妹の翔香であるはずだ。だから翔泉は、巫女の託宣をそれほどに深く考えていなかった。敦夏の言うとおり、瑾族が託宣や星占を得たいものと考える風習がないということもある。

「あなたを逆恨みしている者がいるのです。その者が、毒を盛ってあなたを亡き者にしようとした。そう考えるのは、一番自然ではありませんか」

「そう……です、ね……」

敦夏が、このような勢いで話すことはめったにない――いつも翔泉をからかう余裕を持って、ゆったりと口を開く彼が、このように――改めて敦夏がいかに自分を気に懸けてくれているのかを知って、翔泉はため息をついた。

「どうしました？」

「いえ……、敦夏さまは、お優しいなって」

そう言うと、敦夏は眉根を寄せた。それもまた、見たことのない彼の表情だ。まるで照れているようだ、と感じたのは翔泉の気のせいだっただろうか。

「まだ、起きているのは辛いのでしょう？」

敦夏がそう言ったのも、またはにかみを誤魔化《ごまか》しているようだと思ったのは、翔泉の感覚が間違っていただろうか。

「おやすみなさい。よく眠れる薬を持ってきました。今のあなたは、無理をしてはいけませんから」

「ありがとうございます……」

敦夏は、手ずから翔泉に掛布をかけ直してくれる。その仕草がまた意外で、くすりと笑うとまた見たことのない表情をする。

悪くない。そう思った。結局命は助かったのだし、まだ体は本調子ではないけれど、今までその本心の読めなかった者たちが、心を開いてくれる。敦夏が見たことのない表情を見せてくれたことだけでも、苦しい思いをした甲斐《かい》はあったと思った。

「おやすみなさい」

「はい。休ませていただきます……」

銀青が、敦夏の持ってきたという眠り薬を碗に注いでくれる。それを飲むと、驚くほど早くに眠気が襲いきた。それに逆らわず、翔泉は目を閉じる。

□

がたん、と大きな音がして、翔泉は目を見開いた。

しきりに地面が揺れている。しかし視力は利かず、まわりは真っ暗だ。臥台に横になっていたはずなのに、いったいなにが起こったのか。

「な、に……、っ……？」

がた、がた、と律動を刻んでいるのは、まるで馬車に乗って均《なら》されていない道を進んでいるかのようだ——翔泉は起きあがろうとした。しかし体が自由にならない。

「……っ、……く、……」

両手が、背中にまわされて縛られている。動かそうとすると、巻きついている縄が手首に食い込む。両脚も同様、足首で縛られていた。声をあげようとしても呻き声しか出ないのは、どうやら猿轡《さるぐつわ》を嚙まされているかららしい。

（なに……、いったい、なにが……？）

きつく体を拘束されているうえに、悪い道を行く振動がひどく響く。まだ臥台から起きあがることも無理な体だったのだ。そのような身に、この振動はたいそうこたえた。また吐き気が襲いきて、しかし口を縛められているから嘔吐することもできない。

(なにが起こって……、なんで、俺は……、こんな、ところに……?)

まったく理解できない状況に、脳裏は混乱するばかりだ。その間にも翔泉を乗せている乗りものはがたがたと進み、その振れに耐えがたく、気を失いそうになったとき。

(停まった……?)

ひどく長かったような気もするし、たいして時間は経っていないような気もする。とりもあえず乗りものは停まり、苦しさは少しだけましになった。

人の声がする。何人いるのか、ふたり、三人ではなさそうだ。てんでにひそひそと話し合う声は聞き取りづらく、なにを言っているのかまったくわからない。

(来た……)

がたん、と建てつけの悪い扉が開くような音がして、さっとまわりが明るくなった。とはいえ、今は夜らしい。月明かりは充分な灯《あか》りとはならず、入ってきた者の顔も影になってわからない。

「手荒に扱うな」

声がした。はっとそちらを見ると、もうひとりが入ってこようとしている。先に入ってきた者——体格からして、どうやら男らしい——は、うなずいて翔泉の横に立った。

「おい。まだ眠っているのか」

答えたくても、返事はできない。うっと呻くと、男は低く嘲笑《あざわら》うような声を洩らした。

「起きてるのか」

男は翔泉の体を、乱暴に抱き起こした。眩暈がする。視界がはっきりしない。くらくらする意識を必死に引き寄せようとする翔泉は、ぱんと頬をはたかれて驚いた。

「しっかり目を開けていろ。おまえの、最後に見るものかもしれないんだからな」

「……、っ、う……？」

だんだん目が慣れてくる。苦しさは治まらないものの、視界だけはどうにか自由になって、まわりを見る。馬車の中だと思っていたのは確かにそうだったらしい。そして翔泉を起こした男の姿に、思わず目を見開いた。

（……熒族？）

月明かりに輝く金色の髪。鮮やかに光る、紅の瞳。敦夏と同じ特徴を持つその容姿は、熒族のものに違いなかった。

（ここは……、熒族の、領地……？）

熒族は、罘国の北東――敦夏の出身地ほど遠い場所ではなくとも、もっとも王都である啓城《けいじょう》に近い場所でも三日以上はかかるはずだ。あれほど揺れる馬車で、それほど長い時間、目を覚まさなかったのはおかしい。

（……まさか）

翔泉の脳裏を掠めたことがあった。翔泉は、敦夏の持ってきてくれた眠り薬を飲んだ。驚くほどに効き目のある薬だった。そして自分を縛りあげ、どう考えても敵意しか感じられない男たちは焚族の者で——。

（敦夏さま……が、俺を……？）

罠《わな》に、かけた？　その思いに、ぞっとした。あれほど豊かな表情を見せてくれていた敦夏。今まで知らなかった彼を知り、心が近づいたと思っていたのに。あの表情は、優しさは嘘だったのか。

（そ、んな……）

絶望に、また眩暈がした。しかし倒れそうになる翔泉は、男ふたりがかりで抱きかかえられた。

「面倒をかけるなよ、お姫さま」

悪意に満ちた声が、そう言った。

「暴れたりしたらどうなるのか……わかっているだろうな？」

ごくり、と固唾を呑む。暴れたくても暴れられないのだけれど、それ以上に衝撃が大きかった。敦夏のすべては偽りだったのか。翔泉をどうするつもりなのかはわからないけれど、楽観していい状況でないことだけはわかる。

奇妙な匂いがする。たくさんの、数えきれないほどたくさんの熒族の者たちがいるのがわかる。男たちは翔泉を抱えたまま段をあがり、石造りの冷たい壇の上に翔泉を転がした。

「ひ……、っ、……！」

石の冷たさは、弱っている翔泉の体に響いた。思わずあげた悲鳴は、しかし猿轡の中に吸い込まれてしまう。

「これが、星の女だ」

誰かが言った。星、という言葉にどきりとする。

「敦夏の言ったとおりだ。満月の夜、星の女が現れる」

「その女の心の臓が、我らの願いを叶《かな》える」

どきり、と胸が跳ねた。彼らの言うことはよくわからない――が、混乱と恐怖にどくどくと鳴る翔泉の心の臓が、彼らの目的らしい。

敦夏の言葉を思い出す。翔泉たち、瑾族は託宣や星占に重きを置かない。しかしそうではない民族もたくさんおり――熒族も、そのひとつなのだ。

（殺、される……？）

冷たい石の壇の上で、翔泉は震えた。跳ね起きて、逃げてしまいたい——しかし手足は縛められている。そうでなくても、なにかが翔泉を縛っている。かけられた縄ではない。そして思い出したのは、敦夏のあの不思議な力だった。

(念動の技と言っていた……、あ、れ……?)

翔泉は、焚族といえば敦夏しか知らない。しかしほかの焚族の者たちが同じ力を持っていてもおかしくはないのであり、それが翔泉を縄以上にしっかりと壇の上に縛りつけているのだ。

大きく震えた。歯の根が合わなくなる。目の端に、炎が映った。それが奇妙な匂いの正体であり、燃えあがる火炎はほのかに青みがかっていた。

異様な場所、異様な者たち。そして自分の運命は——翔泉は息をするのも忘れた。縛りつけられた壇の上、身動きもできずにただ目だけを動かし、そこに映ったのは鋭く炎を反射する、短剣だった。

(あれで……、心の臓、を……?)

自分の命の終わりを知って、翔泉の胸は痛いほどに鳴った。目だけを大きく見開いて、研がれた刃《やいば》が迫ってくるのを見ている。あれほど磨かれた剣ならば、痛みは一瞬で済むだろうか——いまやそれだけを願いながら、翔泉は諦《あきら》めに目を閉じた。

「……な、にっ!?」

驚いたような男の声がする。胸を抉られることを覚悟していた翔泉は、痛みがやってこないことを訝《いぶか》しんで目を開ける。

「敦夏……、さま……?」

翔泉に刃を突きつけようとしていた男を、後ろから羽交い締めにしている者がある。無数の者の声があがった。男は剣を落とし、それは翔泉が運ばれてあがった壇に音を立てて転がる。

「敦夏……、なんのつもりだ！」

「真実を告げに来たのです」

飄々《ひょうひょう》とした口調で、敦夏は言った。

「星の女は、女ではありません」

騒ぎが大きくなる。耳をつんざく喊声《かんせい》があがる中、敦夏が羽交い締めにした男から手を離す。男はたたらを踏んで壇から転がり落ち、それを意に介さず敦夏は、翔泉のもとにやってきた。

「……、敦夏、さま……」

「辛い思いをさせましたね」

敦夏は、また翔泉の見たことのない——悲しみと後悔の入り交じった表情を見せた。彼が空《くう》で手をひらめかせると、翔泉を縛めていたものが——縄も、念動の技も——解けた。

「辛いでしょうが、起きてください」

手を貸してくれた敦夏は、そう言った。驚きと混乱の中、言われるがままに起きあがった翔泉は、目の前が真っ暗になるほどの眩暈を感じて、頭を押さえた。

「星の女が、女ではない……」

そう、誰かが言った。

「どういう意味だ。敦夏、訳を言え！」

「言ったとおりですよ。女と偽った、男……張姓の星は、男です」

翔泉の眩暈を、さらなる大声が揺り動かす。誰かの手が肩にかかり、抱き寄せられた——その香りを確認するまでもない、敦夏の腕だ。

「証を見せろ！」

誰かが叫んだ。

「そんなこと、信じられるか！」

「どう見ても女じゃないか！　なんなら、その衣を脱がせるんだな！」

女としての所作は徹底的に教え込まれたとはいえ、男ということをまったく信用されないのはどうなのか。翔泉の頭にはかっと熱がのぼり、眩暈を堪えながら腕に力を込めると、自らの夜着の襟に手をやった。

「淑妃さま」

しかしその手には、敦夏の白い手がかかる。衣をほどこうとした手を遮られて、顔をあげると敦夏が悲痛な顔をして、翔泉を見つめていた。思わず翔泉は、彼を見返してしまう。

「そのようなことを、なさる必要はありません……あなたが、肌を晒《さら》すなど……そのようなことをなさる必要はないのです」

「で、も……！」

敦夏は、手を伸ばす。翔泉はその腕の中に抱き込まれた。まるで守られているような抱擁だ。彼には何度も何度も抱かれたけれど、いつも彼の技に翻弄されるばかりだった。一方的に追いあげられて、高められて——その腕が、翔泉を守るように抱きしめている。壇から転がり落ちた男は再び短剣を取りあげ、敦夏を厳しい視線で睨《にら》んでいた。

「奴才たちに……あなたを守るくらいのことは、させてください」

「敦夏さま……」

掠れた声で、彼を呼ぶ。すると、抱きしめる腕に力が籠もった。

「奴才も、焼きがまわりましたか」

翔泉を抱きしめたまま、敦夏は顔をあげた。

「情が移ったとでも、言うのでしょうか……？　こんなふうに、あなたを……」

「なにを……敦夏、さま……？」

彼の紅い眼が、どこを見ているのか——同時に、遠くから地面を揺るがす凄まじい地鳴りが伝わってくる。

「な、に……、っ……？」

「間に合ったようですね」

はっ、と敦夏は吐息を洩らした。

月明かりの照らす中、遠くから地鳴りを立てて近づいてくる一団——そう、敦夏は『奴才たち』と言った。彼はひとりではないのだ。地面が揺れる。砂煙が立つ。翔泉は目を大きく見開いて、迫りくる集団を見やった。まわりの騒ぎは、いっそう大きくなる。

「……紅雷さま……？」

なびく、金と黒の髪。先頭を走る、逞《たくま》しい脚を持った黒馬の上にあるのは見慣れた姿だ。隣には対照的に真っ白な馬が走っていて、その上にあるのは黒髪の男。ともにその頭上の耳は凜々《りり》しく立ち、尾が揺れているのが見え、翔泉を心の底からの安堵にいざなってくれる。

なぜ彼らがここにいるのかはわからない。しかし皆がここにいることに翔泉の緊張は解けた。馬車の中で気がついたときから翔泉は全身で緊張していたのだということを今さらながらに感じ取り、そんな彼を、敦夏は優しく抱きしめてくれる。

「つ、……敦夏、さま……」

焚族の者たちは、手に手に剣や槍《やり》を持って紅雷の指揮する一軍に迫る。しかし無数の矢が飛んできたことに悲鳴があがった。

焚族の者たちが、次々と倒れる。それは射手の腕もあろうし、倒れた者たちがあげた呻き声からして、矢には毒が塗られていたのかもしれない。

斃《たお》れた者たちの遺骸《いがい》を踏み越えて、何騎あるのかひと目には数えられないくらいの一軍が面前にもうもうと砂煙を立てる。先頭の紅雷と剣峰の顔がはっきりとわかるくらいの距離にあって、翔泉は紅雷がなにかを手にしているのを見た。

「金狼族めが……！」

叫んだのは、先ほど翔泉に剣を突き立てようとした男だ。その剣を摑んだまま男は翔泉たちの前に立ち、しかし紅雷たち武装した軍隊の前にあって、そのような小さな剣などないも同じだろう。

「剣峰さま……」

「我らが儀式を穢《けが》しに来たか？　金狼族などに、邪魔はさせん！」

紅雷はもうひとつの手で手綱を引き、馬を止めた。剣峰も、そして従う兵たちもそれに倣う。紅雷はなにも言わず、手にしていたものを塵芥《ちりあくた》でも捨てるように男の足もとに投げた。

「な、……、っ！」

「う、……っ⁉」

翔泉は、思わず敦夏の腕に縋った。それは、女の首だった。長い金色の髪は乱れ、紅い目はかっと見開かれている。もとはかなりの美貌であったであろうに、砂にまみれたその首はただどこまでも不気味なばかりだった。

「翠蘭《すいらん》！」

「そう、碧蓮《へきれん》宮の妃だ」

冷淡な声で、紅雷は言った。

「その熒族の女は、星の女に毒を盛った」

男は、はっと紅雷を見た。翔泉も目を見開く。栗の粥を食べたときの苦しみを思い出したのだ。

「星の女が、熒族にとっては神の贄《にえ》であることを知らなかったわけはあるまい。なぜ、毒などを盛ったのか。嫉妬《しっと》か、それとも裏切りか？　理由《わけ》は知らぬ。ただ、この女は淑妃に毒を盛った。我が寵姫《ちょうき》にな。それだけでも、我が剣の錆《さび》となるには充分だ」

「おまえ……、まさか」

短剣の男は、一歩退いた。生き残ったまわりの者も、紅雷に注視している。射貫くような視線の中、紅雷は馬の腹を軽く蹴《け》った。黒馬はゆっくりと前に進み、それに剣峰が従う。

ざっ、と砂煙があがった。

「この御方《おんかた》を、どなたと心得る」

剣峰が、重々しい口調で言った。

「ひざまずけ。畏れ多くも、皇帝陛下であられるぞ」

「金狼族が……っ……！」

男は、ひざまずくどころか唾を吐いた。それが黒馬の足にかかり、紅雷は恐ろしいほどに冷たい瞳をすっとすがめた。

「無礼者が！　居直れ！」

叫んだのは剣峰だ。いつもの静かな彼が声を荒らげるところなど、初めて見た。驚く翔泉の視線の先、剣峰は白馬から飛び降りる。そして短剣の男が腰につがえたもう一本の剣を引く前に、輝く刃を一閃《いっせん》した。

「……っ、……！」

いつの間に剣を抜いたのか。馬上にあったときは彼の剣は腰に佩《は》かれていたはずだったのに。短剣の男の手からは剣が落ち、同時に転がったのはその首だ。血しぶきをあげるそれは投げ捨てられた女の首と並んで、そのきらめく金の髪が月明かりに光る。

「私の剣にかかりたい者は、どこだ？」

威嚇するように、剣峰は叫ぶ。彼は剣を振り、すると鮮血がぱっと空《くう》に弧を描いた。それに恐れをなしたように生き残った焚族たちは声を潜め一歩後ずさる。彼らを睥睨《へいげい》している紅雷は、ちらりと剣峰を見た。

「それとも……我らが金狼族たる証を、その目で見たいか？」

「く、そ……っ……」

声が聞こえた。はっと翔泉は振り返り、それが十五は越えていないであろう少年で、その手には首を落とされた男の持っていたものとは比べものにならない鈍い刃の短剣があることに気がついた。

「金狼族など……、滅びてしまえ……！」

少年は、走った。彼が狙っていたのは誰だったのか、その古びた剣でなにができると思ったのか。しかしその殺意は痛いほどに伝わってきて、それを見逃す剣峰ではなかった。

がぁぁ、と獣の呻きが聞こえる。翔泉の目に映ったのは、剣峰の黒髪が舞いあがる光景だ。耳がぴんと立ち、尾が膨らんで倍ほどになる。その黒の瞳がかっと鋭い光を帯び、眩《まぶ》しくて翔泉は目を閉じた。

「……あ!」

それは、ほんの一瞬だったのに。瞼《まぶた》を開けたとき、目の前にあったのは黒い鬣《たてがみ》を持つ大きな狼——体中の毛を逆立てて、どれほど丁寧に研いだ剣よりも鋭い牙《きば》を覗《のぞ》かせて、やはり尖った爪の生えた前脚で地面を掻いている。

かちん、と音がした。少年が剣を落としたのだ。それを合図としたかのように兵士たちは次々とその姿を狼のそれへと変える。人間の姿のままなのは紅雷だけで、しかし彼の耳も尾も毛が逆立って、金と黒の混ざったそれはうつくしく月夜に輝いている。

狼の遠吠《とおぼ》えがこだまする。それはいくつもいくつも重なって、唸り声があたりを染めた。吠え声は不気味にも不思議な調和をもって響き渡り、耳の奥には残響が満ちる。

「あ、……っ、……」

無数の狼たちの、唱和のような叫び声。そしてそのただ中にあって、天上に輝く月よりも鮮やかに神々しく光を放つのは、紅雷だ。

彼の、金と黒の髪がなびく。耳が、尾が、その力のほどを示して際立つ。そしてその金色の瞳――ゆっくりと、その場にある者すべてに注がれたまなざしには圧倒的な威力があった。熒族の者たちが、次々とひざまずく。頭《こうべ》を垂れて皇帝への敬意を示す。金の眼が翔泉に向けられ、視線が合ったことにどきりと大きく胸が跳ねた。

「翔泉」

紅雷は、決して大声をあげたわけではなかった。しかしその低い呼びかけははっきりと翔泉の耳に届き、それに導かれるように翔泉は敦夏の腕から身を離した。

「紅雷さま……」

逆らえない力に惹かれるがままに、翔泉は歩く。黒馬のもとに立ち、顔をあげた。金色の輝く、双つの瞳。彼はそのがっしりとした手を差し出してきて、翔泉はそれを取る。と、馬上に引きあげられて驚いた。

「紅雷さまっ！」

「我が皇后となれ。淑妃よ」

翔泉を胸に抱いて、紅雷は言った。

「そなたこそが、我が星の女。張姓の星……予が唯一の妃となれ」

「……は、い……」

この圧倒的な魅力を持った男に、逆らえる者があるのだろうか。魂ごと強く惹きつけられ、翔泉は手を伸ばす。紅雷に抱きつき、その肩に顔を寄せた。

「お言葉のままに……」

ふっ、と紅雷は笑った。その声さえもが体の奥にまで伝う響きとなって、翔泉はぶるりと身を震った。それはまるで彼に抱かれているときの快感のわななきのようで、ぞくりと体の奥が痺れるのを感じた。

翔泉を抱いたまま、紅雷はひれ伏す獒族たちに視線を向ける。その迫力に、すべての者が畏怖《いふ》し震えているのがわかる。

「我こそが、罧国皇帝なり！」

狼たちの吠え声を上書きするような、大きく鋭い声があがる。

「予の治世に異を唱える者あらば、立つがよい。予に意見することを許そうぞ」

紅雷の声は、どれほど耳の悪い者にもはっきりと聞こえただろう。立つどころか、身動きする者もなかった。狼たちは遠吠えをやめ、あたりには凍りついたような沈黙が落ちる。

「この地は、予がいにしえの神人より受け継ぎしもの……この世のすべては、予の庇護《ひご》下にあるものなり！」

圧倒的な揚言は大気を貫いて、彼の言うとおりこの世すべてに響き渡ったのではないかと思われた。それほどの偉力を持つ声の主は、翔泉を腕にがぁっと吠え声をあげ、狼たち

が喊声を張りあげる。

（これが……金狼族……）

その腕に抱かれながら、翔泉は震えた。

（我が主《あるじ》……、俺の、……紅雷さま……）

金色の眼と視線が合った。そのうつくしさから目が離せずに、翔泉はいつまでも紅雷の瞳を見つめていた。

□

翔泉は、金雀宮《きんじゃく》のもっとも明るく陽の入る房にいた。

倚子に座り卓に向かい、その上には革紐《かわひも》で繋がれた竹簡がある。翔泉は最後まで読み、また最初から目をとおし、ため息をついた。

「翔香さまは、なんとおっしゃっておいでですか？」

そう言ったのは銀青だった。彼は盆の上の蓋碗を翔泉の手もとに置き、翔泉は礼を言って蓋を取る。ふわり、と白牡丹《はくぼたん》のいい香りがあたりに満ちた。

「今は、陽仙《ようせん》県にいるんだって」

そう書かれた竹簡の部分を指でなぞりながら、翔泉は言った。

「詳しい居場所までは教えてくれなかったけれど……想う男と、一緒にいるって」

「それは、よかったですね！」

元気な声で、銀青は言った。うん、とうなずきながらも翔泉の心は晴れない。

「どうして、そんなお顔をなさっているんですか？」

「だって……張姓の星は、妹だ。俺が張姓の星と偽ることで……紅雷さまにご迷惑がかからないか」

そこに、女官の声がした。翔泉は口をつぐみ、銀青はなにもなかったかのように平然とした顔をして女官に応えた。

「その点なら、あなたの心配なさることではありません」

「敦夏さま……」

女官の先導で、房に入ってきたのは敦夏だった。深い藍《あい》色の旗袍をまとった彼は、いつもの涼しい表情で翔泉に向き合う。

「星の女と呼ばれてはいますが、なにも女性に限ったことではない。巫女の託宣は、ただ張姓の星、と。性別を示したものではありません」

「でも……」

星占などに重きを置かない瑾族の者だからなのか。自分が張姓の星だと言われてもぴんとこないし、そもそも後宮に男が妃として存在することもおかしいのに。

「あなたが懸念することは、なにもありません。それとも、皇上のご判断に異を唱えるとでも？」

「そんなつもりは、ありませんけれど……」

翔泉は、ぶるりと震えた。彼の、金狼族の金狼族たる証を見、聞いたあとで逆らおうなどという気が起こるわけがない。さらには強く紅雷に惹かれている自分に気がついているのに、今さら逃れようという気などあるはずがなかった。

「ですが……皇后、など」

「ほかの妃は、すべて女官として皇后に仕えます」

「はい……。すべての民族に平等にあるべく、位は変えずにそのまま、と」

それは、紅雷が公にした報だった。唯一の妃となったのが瑾族の者であることに、瑾族と対立する燁《よう》族からの不満もあった。しかし紅雷は、燁族の妃であった女の位を引きあげることで、それを抑えた。

「ですが……」

紅雷とともにあることに、不安はない。ここには剣峰も敦夏も、そして銀青もいる。しかし唯一翔泉を懸念させていること、それは。

「その報《しら》せを、持ってきたのですよ」

敦夏は、にこやかにそう言った。彼の手が差し出してきたのは、巻いた竹簡だ。翔泉は訝しみながらそれを受け取り、革紐の結び目をほどいた。

「銀青を……？」

ええ、と敦夏はうなずく。名を呼ばれた銀青は、なにごとかというように首を傾《かし》げている。

「銀青を、我が子と……皇太子に？」

「はい。銀青は金狼族、蒿《こう》家の出。皇太子となるに、血筋に問題はありません」

「で、も……、銀青は？」

「実は僕、知ってたんです」

澄ました顔で、銀青は言う。

「養嗣子《ようしし》って、ご存じですか？」

「……ううん」

首を横に振った翔泉に、銀青はにっこりと笑ってみせる。

「皇后にお子ができなかったときに、皇太子になる子供のことです。僕は、その養嗣子として宮殿に入ったんです」

「じゃあ……皇后に、子ができたら？」

「そのときは、お側《そば》仕えの臣下になります。剣峰さまも、養嗣子だったんですよ。紅雷さまがお生まれになったから、光禄大夫の位をいただいてお側におられます」

「そうなんだ……」

もう一回竹簡を読み返しながら、翔泉はため息をついた。翔泉が男の身であることを隠して皇后になる、一番の懸念はこれで取り払われたわけだ。

「本当に、決まっちゃったことなんだな」

「なにがですか？」

「俺が……皇后になること」

「今さら。恐ろしいとでもおっしゃいますか？」

翔泉は、黙った。顔をあげて敦夏を見て、微笑みかけられるとまたため息が洩れた。

「違う……けれ、ど……」

妹の翔香が行方を晦《くら》ませたとき、翔泉はすべてをなげうって覚悟をした。瑾族のために、妹のために、なにもかもを——性別さえをも捨てる決心をした。それが、巡り巡ってこういう形になるなんて。

「俺が……紅雷さまのお側にいても、いいのかなって」

「予が許すのだ。なんの不満がある?」

いきなりの声に、驚いた。はっと顔をあげると、そこには緩やかな緞袍《だんぽう》をまとった紅雷がいた。その後ろには剣峰が控えていて、彼は黒の袍を襟まできっちりと整えている。

「紅雷さま……」

「そなたは、聞いていなかったのか? この世のすべては、皇帝たる予のものだ。もちろん、そなたもな。翔泉」

「あの……、です、が……」

「なんだ、まだなにか文句があるのか」

文句ではありません、と翔泉は慌てて言った。

「そうではなくて……、俺で、いいのかって」

「そのようなこと」

紅雷は、嘲笑《ちょうしょう》のような声をあげた。そして翔泉の倚子の脇に立つと、大胆にくちづけを落とした。

凍りついた翔泉には、それを受け入れる以外の余地はない。深く唇を合わせられ、挿り込んできた舌で唇を舐められて。唇が離れたとき、はっと熱い息が洩れた。

「こ、紅雷……、さ、ま……っ!」

「愛しているぞ、翔泉」

にやり、と笑って紅雷は言った。

「この世の主の愛を独り占めにして、なんの不服がある? まったく、そなたは贅沢《ぜいたく》だな」

「その、ようなこと……」

紅雷の手が伸びる。彼の腕が翔泉を引き寄せ、抱きあげようとするのを慌てて翔泉は避けた。

「じ、自分で、歩けますっ」

そんな翔泉に敦夏が笑い、顔をあげると剣峰も薄く笑みを浮かべているのがわかった。

(あ、……)

どくり、と心の臓が跳ねる。翔泉を囲む、三人の男たち——彼らがそれぞれに浮かべる笑みに、艶めいたものを感じたのだ。それは確かな感覚となって翔泉に伝わり、胸の鼓動は速くなる。

翔泉の肌が、夜を恋しむ——密《ひそ》やかな灯りのもと、乱れ喘ぐ夜を待つ。そんな翔泉に気づいているのかいないのか、紅雷は目を細めて翔泉を見やり、そしてその力強い腕で、翔泉を抱き寄せた。

「待てぬ」

彼の声が耳に忍び込み、ぞくりと翔泉は震える。皇帝たる彼は、昼を夜にしてしまう力をも持つのか。太陽を月に変えることができるのか。

「翔泉……」

その、艶めかしい声。翔泉は熱い息を吐き、そして絡んでくる六つの瞳の前、目を閉じた。

終章　溶け合い混ざり、繋がって

低い、あたりを忍ぶ抑えた声が広がる。

「ひ……う、っ、……」

臥台の上、翔泉は四肢で体を起こしている。背は大きく反って、そこに唇を落としているのは金色の髪の男だった。

「……ふ、ぁ……、ん、っ……」

翔泉の口は大きく開いて、そこに突き込まれているのは男の欲望だ。深くまで呑み込んで、嘔吐《えず》きそうになる感覚が、心地いい。翔泉は懸命に口腔のものに舌を這わせ、流れ込んでくる蜜を飲み下す。

「っ、……あ、あ……、っん……」

突き出した下肢は、大きな手に摑まれている。それが前後に揺れるたびに、ぐちゅ、ぐちゅ、と音があがった。翔泉の下肢に出入りしているのはやはり陽根で、それは拡げられた蜜襞を擦って濡れた音を立てている。

「やぁ、あ……あ、ああ、あっ！」

「翔泉」

ぱん、と柔らかい肉を叩かれる。翔泉はひっ、と息を呑み、同時に口腔を犯すものが深くを突いて咽喉が引きつる。

「もっと、動かせ……深く、呑み込んだ」

「やぅ……、っ、ん、っ、……っ、……」

呼吸を塞がれて苦しくて、それでももっととくわえ込んでしまう。同時にねだる下肢を大きく揺らして、すると熱杭が最奥を突く。それに大きく反応して、震える背中には点々と紅い痕が刻まれている。

「ひ、……ぅ、っ、……っ、あ！」

背にくちづける敦夏が、背中の骨の形を辿るように指を動かす。口腔を犯す男が腰を引き、それを追いかけるように伸ばした舌が、背への刺激を受け止めて震えた。

敦夏が、くすくすと笑う。彼の指はそのまますべって双丘を撫で、するとぬるり、と後孔を拡げるものがある。それは後ろに挿り込んだ紅雷の欲望とともに蕾を開き、敏感な皮膚を拡げられる感覚に翔泉は全身を強ばらせた。

「……っ、う……、ぁ、あ……ああ、っ！」

内壁の、腹側に挿ったなにかはうねるように媚肉を刺激する。敏感な部分を容赦なく擦られ、同時に咽喉奥を突かれて翔泉は目の前にちかっとなにかが光るのを見た。

「や……ぅ、……ん、……ん、ん！」

「反応がよすぎるぞ……」

重なったのは、紅雷の声だ。彼は微かに呼気を乱していて、その声が耳を嬲って眩暈を呼び起こす。

「敦夏の技は、それほどにいいか？　それとも、剣峰がそなたを惑わせているのか？」

両方だ、と答えようとした口は、しかしまた引き抜かれ、突き込まれた陽根に塞がれている。くぐもった声は紅雷を満足させなかったのか、立て続けに何度も深くを突かれ、翔泉は体を大きく引きつらせる。

「……っ、う……ん、っ……！」

体内でうごめく熱いものは、それぞれが違うところを擦りあげる。同時に背を、そして口腔をぐちゃぐちゃと犯されて、体の奥を突き抜ける衝撃を感じた。

「ひぅ……、っ、……」

全身が激しく痙攣したのと、咽喉奥を突かれたのは同時だった。翔泉の欲望は、白濁を吐き出す。それがすでに汚れた敷布にまき散らされた。

「……ぅ、……ん、ぁ……、っ……」

「翔泉」

はっ、と熱い呼気が背にかかった。脱力した体は抱きあげられ、責め苦がまだ終わらないことを知らされる。

「ふぁ……あ……、ああ、あっ……！」

後孔に呑み込んだものが引き抜かれ、続けて突きあげられて。ずん、と最奥を擦り立てられたのと、熱い淫液が注がれたのは同時だった。

腹の奥が、また欲望に染められる。もう何度受け止めたかしれない男の熱さに翔泉は激しく身震いをし、そして大きく目を見開く。

「んぁ……、っ、……ぅ、……」

どくり、と弾けたのは、口腔の熱だ。先端から溢れたどろりとした欲は翔泉の咽喉に流れ込み、飲み下したものの味に思わず深く息をつく。

「は……、ぁ……、っ、……」

まだ硬さを失わない欲望が、ずるりと出ていく――翔泉は臥台の上に突っ伏し、その顎を摑んで上を向かせ、くちづけてきたのは敦夏だ。

「ん、……ん、っ……、っ……」

ちゅく、ちゅくと舌を絡められ、口の中に残った剣峰の欲液も啜《すす》りあげられて、もてあそばれる。脳裏が霞み、性感を刺激する感覚しか受け止められなくなった翔泉の蕾から、したたる粘液とともに紅雷が抜け出た。

「ひぅ……」

「こちらですよ、皇后さま」

優しい声が、翔泉をいざなう。その手が導くままに腰をあげ、すると体が裏返らされた。後孔には再び硬い陽物が——それは淫液を垂らす蕾を押し開き、ずく、ずくと挿ってくる。

「い、ぁ……、っ、……」

衝撃は、それだけでは終わらなかった。後孔に指が突き込まれ、すでに欲望を呑み込んでいるところを拡げる。そして、ぬめったもうひとつの男根が挿入された。

「う、あ……あ、ああ、あ……っ！」

目の前に、光るものが走る——そんな翔泉の唇は貪られ、吸いあげられて歯を立てられ、その感覚にもくらくらとした。

ふたりを呑み込んだ下肢に、敦夏の手が置かれる。ずくん、と走った衝撃は、まるで敦夏をも呑み込んだようで——あまりの圧迫感に、翔泉は息も忘れる。

「うつくしいな……、翔泉」

内壁を擦り立てながら、紅雷が言う。

「そなたは、予らに抱かれているときが、一番うつくしい……。なんなら、昼も夜もなく、そなたをいつまでも、抱き続けようか……?」

「い、ぁ……、ああ、……っ、……」

「皇后」

剣峰が背後から突きあげ、仰け反った翔泉の肩に咬みつく。

「このまま……ずっと、おまえの中で」

乱れた呼気が絡み、突きあげられてかき乱されて。意識のすべてを恐ろしいまでの快楽に塗り潰《つぶ》されながら、翔泉は嬌声をあげ続ける。

「おまえの中で……、この熱さに包まれて」

「っあ、あ……、ああ……っ……!」

剣峰は、まるで翔泉の存在を確かめるかのように、肩に立てた歯に力を込める。

「いっ、……っ……ぅ……ぁ……」

その痕を舐められると、びりびりと刺激が伝いきた。痛みを感じているはずなのに、感覚は翔泉の腰を貫く。紅雷の下腹部に擦られる翔泉自身はひくりと震え、再びの射精の予感に咽喉を反らせた。

「咬まれて、感じるとは」

「あ……あ、……っ、あ!」

もう片方の肩に歯を立てたのは、敦夏だ。彼は翔泉と視線を合わせてにやりと笑い、その白い歯が肌に埋まるのを、翔泉は目を見開いて見ていた。

「やぁ……、っ、……っ……」

「感じているのでしょう? 言ってごらんなさい……」

白い歯と、赤い舌。それが交互に傷に触れる。痛みと柔らかさを互い違いに味わわされて、翔泉は喘いだ。そんな彼の反応を煽るように剣峰も歯を使い、新たな疼痛に翔泉は咽喉を仰け反らせる。

「……ほら。ここを、こんなにして」

「ち、が……、ぁ……、っ……」

ふっ、と咽喉に呼気がかかる。

「足りないと言うか? ……なら」

「ひぁ……、あ……、ああっ!」

「痛みと……心地よさと。どちらが好きなのだ?」

ああ、と翔泉は声をあげるばかりだ。三人がそれぞれ咬み、舐めあげまた咬んで、翔泉の肌に痕を残す。それがどうしようもなく痛んで――心地いい。一番深く歯を食い込ませ、自分のつけた歯の痕を舌先でなぞっていた敦夏が言った。

「痛みも、舐められる感覚も……すべてが、快楽となる」

「っ、う……っ、……う……！」

敦夏はまた、新たな傷を作る。それにひっと震えた咽喉は、また紅雷に咬みつかれてじん、と伝わる痛みがある。

「こうやって、あなたの肌に痕をつけるのは……」

肩についた傷に、また舌を這わせた敦夏が言った。

「あなたを、所有しているようで、気分がいいですね……」

舐めあげながら、彼はささやく。

「ここだけは、奴才だけのものであるような……この、魅惑的な体」

「や……、ぁ……、っ……！」

「皇上と、大夫さまと……ともに高めてこそ、うつくしいのだということは、重々わかっていますけれどね」

「ふぁ……あ、あ……ん、……ん……っ！」

中に受け挿れた双方の欲望が、ずんと力を増す。そこがいつもよりも広がって、まるでもうひとつ、敦夏をもくわえ込んでいるように感じるのは、彼の不思議な力ゆえ。秘所の敏感な肉は拡がって、ひくひくと繊細な刺激をも受け止めて震えている。

「……やっ、や、ぁ……ああ、……ああっ！」

それらがてんでに引き抜かれ、抜け落ちる前にまた媚肉を擦りながら突き立てて。そのたびにひくん、と唇をわななかせて受け挿れ、失った質量に大きな啼き声をあげた。

ぐちゅ、ぐちゅ、と濡れた音がひっきりなしに立つ。それが誰の放ったものなのか、すでに翔泉には理解できない。すべてが混ざり、自分を犯す男たちの放ったものも自身の欲液も肌に塗り込められ、繋がった部分で一緒になって淫らな音を立てている。

「っ、あ……ああ、あ……、っ……」

四人がひとつになってしまったような、溶け合って混ざり合ってしまったかのような錯覚に陥る。ぐちゃ、と接合部を突かれる感覚と濡れた音。それに意識を奪われていた翔泉は、肩に食い込む痛みが消えたことに気がついた。

「い、や……、ぁ……、ぅ……」

咬まれたときは、痛い、と思ったのに。食い込む歯を失うと喪失感があった。翔泉は声をあげ身を震わせ、そんな彼にくすくすと笑う声がする。

「差しあげますよ……、もっと、あなたが悦ぶものを……」

敦夏の、笑いを含んだ声がそう言った。彼の舌は、肩の傷を何度も舐めあげる。それにひくひくとわななく反応は下肢にも伝わり、三人と繋がった秘所に響く。

彼らを締めつける箇所には力が籠もり、紅雷は息を吐いてさらに深く咽喉に食らいついた。剣峰は彼の咬んだ痕を大きく吸いあげて、翔泉をたまらない思いにさせる。敦夏でさえも声を呑み、彼の熱い吐息が傷口にかかった。

「……敦夏、さま……?」

受け挿れている感覚があるとはいえ、彼自身の欲望ではないはずだ。この感覚は、彼の不思議な力ゆえのもの——敦夏は彼らしくもない乱れた息で翔泉の肌を熱くして、そして濡れた舌で肩から胸にかけて痕を刻んでいく。

「ふぁ……、ああ、……っ、……、ぁさ、ま……っ……」

彼の唇がとらえたのは、翔泉の胸に咲くふたつの尖りだ。ひとつを口で、もうひとつを指先でつまみ、きゅっと捻る。ざらりと舐めあげられて全身が震えた。

「や、ぁ、や……、っ、……ああ、さ、……ま、ぁ……」

「誰の名を、呼んでいる?」

ずくん、と突きあげられた。それは前から突いてくる感覚で、翔泉はひっと咽喉を鳴らした。

「敦夏か？　……剣峰か？」

「や、ぁ……、紅雷さま……、……ぁ……！」

咽喉に歯を立てられ、下肢を突きあげられて。同時に伝いきた快感に翔泉は大きく身をわななかせて、呑み込んだものを食い締めた。

「……翔泉」

「あ……、っ、……、あ……！」

同時に、胸を吸いあげられ爪を立てられて、翔泉は体を引きつらせる。それは秘所で繋がった男たちにも伝わったはずで、彼らはてんでに呻くような声をあげた。

その低く、艶めいた声が耳から翔泉を犯す。ついで接合部のあげるぐちゃぐちゃという音も加わって、やはり翔泉の聴覚を染めた。ああ、とあがった声は、乳首に歯を立てられ爪を立てられる行為に甲高くなり、あたりに広がる淫らな音を上書きする。

「やぁ……ん、っ……ん、ん……、っ……」

「ほら……ここも、硬くなって」

敦夏の指が、芯を持っている乳首をつつく。そこから、じんとした痺れが生まれて翔泉は身を捩った。

「このような小さなところも、感じるのですね……吸いついてくれと言わんばかりではありませんか」

「っあ……、や、……、……ああ、……あ！」

吸いあげられてつままれて、下肢を突きあげられてかきまわされて。正面から抱いてくる紅雷の下肢に擦りあげられる欲望が衝撃に放った——ように感じられた。実際のところ、すでにもう何度も欲を極めさせられていた翔泉に、放つほどの淫液は残っていなかったかもしれないのだけれど、わだかまる欲望を吐き出したような感覚にとらわれた。

「……っ、や……ぁ……、ああ、……や、ぁ……っ……」

体の奥は、熱くなった。食い締める欲望を熱く感じる。かあっ、と迫りあがる欲望を感じて荒い息をつく唇は、後ろから抱きしめてくる腕の主に奪われる。

「く……、っ、ん、……っ……」

彼の腕の中で、体が跳ねた。同時に深くを突きあげられ最奥をぐちゃぐちゃとかき乱され、背筋を走り抜ける快感と、蜜口がひくりと反応するのを感じる。

「や、……、も……、これ、いじょ……」

胸を震わせると、尖りを吸いあげられた。また歯で傷をつけられ爪を立てられ、じんとした痛みは体中に広がって、下肢で弾ける。

「だ、め……、も、う……、っ……」

ぶるり、と翔泉は大きく身を震った。ぎちぎちにくわえ込んでいる欲望が、その刺激に応える。抜かれ、また抉られて最奥を刺激され、仰け反った体に男たちが歯を刻む。

「やぁ、痛、……、っ……、っ！」

「その痛いのを、悦んでいるのだろう？」

そう言ったのは、動物のように咽喉に食らいつく紅雷だ。彼も傷を舐めながら、その金色の視線を翔泉に寄越しては、にやりと笑う。

「確かに……こうやって、この白い肌を傷で埋めてしまうのもいいな」

その言葉に応えるように、後ろから肩に咬みつく剣峰が歯に力を込める。本当に深い、治らない傷を刻むような彼の与える痛みに震え、その舌が舐めあげる感覚にも、また身を震わせた。

「この体が……予らのものであることを。誰が見てもそうだとわかるように……この淫乱は、どこで誰に脚を開くかわからぬゆえにな」

「淫乱、なんて……！」

憤慨した翔泉は、しかしきゅっと乳首を咬まれて声を失った。

「そうであろうが。三人もの男に抱かれて、それを悦ぶそなたが淫乱でないなど……誰が、信じる?」

「それでこそ……、おまえのうつくしさが際立つというものでもあるがな」

ぺろぺろと、傷を癒《い》やす動物のように肩の傷を舐めながら剣峰が言った。

「皇后……言え。認めろ。自分は、淫乱だと……男たちに抱かれて悦ぶ、淫売だと……」

「そ、な……、こ、……と、ぉ……」

翔泉は、三人の腕の中で首を振る。そのようなこと、とんでもない——そう思いながらも、剣峰の言葉に腰の奥からぞくぞくと湧きあがるたまらないなにかがあることは、否定できなかった。

敦夏が、乳首を吸いあげる。歯を立てる。爪で根もとからを抉るようにして、力を入れてつまみあげる。

「や、ぁ……、敦夏、さま……っ……!」

肩の傷を舐めていた剣峰が、大きく舌を出して傷全体の形を辿る。彼の唾液が傷に沁みて、びりっとした疼痛を生み出した。その感覚もまた腰に走り、呑み込んだ男たちを締めつけてしまう。

「……翔泉」

「紅雷、さま……、っ……」

まるで肉を食いちぎらんばかりに紅雷は歯を立ててきて、その痛みに翔泉は喘ぐ。下肢を突き立てられて深いところを抉られて、それを悦ぶ淫肉が、ますます彼らを締めつけて。

「ああ、っ、……、っ、あ……、あ……」

翔泉は、手を伸ばす。それを誰かが摑み、握りしめてきた——快楽に霞んだ視界では、それが誰なのかを確認することもできなかった。

「あ、……、っ、……、さ、ま……っ……」

掠れた声で翔泉が呼んだのは、誰の名だったのか——自分でもわからないままに翔泉は手を伸ばし、指を絡め唇を合わせる。

深いところを音を立ててかきまわされながら、この愉悦が永遠に続く夢を見た。

終

あとがき

こんにちは、雛宮さゆらです。今回は4Pですよ!? 最初は打ち合わせで中華ものということになって、プロットを考えてたんですが、そこに担当さんの神のお声「3P、いや4Pで!」「!?」……というわけで、二人、三人、四人、の三種類のプロットを考えて提出し、そこから選んでいただいたのですが、たぶんそうなるだろうな、と思っていた私の予想どおり、やっぱり4Pになりました。4Pって……確実に穴が足りないよ。そんなわけで敦夏ちゃんは宦官になり（私のごひいきは、妖しい美貌の敦夏ちゃんです。そういえば今回は担当さんのごひいきを伺ってませんが、誰なのかな?）、それがかえってミステリアスな人物になったりして、世の中どう転ぶかわかりません。それにしても、中華って楽しいですね！ 衣装の描写もそうだし、小物とか、雰囲気とか。漢字の使い方をいつもと変えたりして、それっぽい雰囲気を出してみたつもりなのですが、いかがでしょうか。中華ものは今後も書いていきたいと思いますので、リクエストなどがありましたら、ぜひともお聞かせください。書いてみたいものはいろいろあって、担当さんと打ち合わせている最中です。

謝意を。イラストを担当してくださったのは、虎井シグマ先生です。ネットで先生の画を拝見して惚れ込み、担当さんにコネクトをお願いして実現しました。さすが……うつくしい。そして、エロい。４Ｐなんて構図とかも難しいでしょうに、惚れ惚れする腕で仕上げてくださり、感無量です。四者四様、個性的に描きあげていただき、ありがとうございました！

お世話になっております担当さん。さすがに４Ｐはびっくりしましたが、担当さんのご提案のおかげで自分の新しい扉を開くことができました。自分の中の限界突破は、担当さんの案ゆえです。今後ともついていきます……！

そして、お読みくださったあなたへ。楽しんでいただけましたら幸いです。初体験の４Ｐ、読んでくださるあなたのために書きました。もしよろしければ、ご感想などお聞かせいただけますと嬉しいです。

それでは、また。再びお目にかかれますように！

雛宮さゆら

この度イラストを描かせて頂きました、虎井シグマと申します。
文庫挿絵をはじめ、中華もの、４Pなど色々と初めて尽くしの
経験でしたがとても楽しく描かせて頂きました。
耳が赤くなるのが可愛くて可愛くて…表紙のお二人も
すましたお顔で完全に発情しております。
みんな大好きですがお気に入りはむっつりかわいい剣峰さまです。
これからは翔泉が３人の安らぎの場となりますように。
雛宮先生、担当様、読者の皆様、本当にありがとうございました！

2014.10　虎井シグマ

本作品は書き下ろしです。

AZ BUNKO この本を読んでのご意見・ご感想・
ファンレターをお待ちしております。
〒101−0051
東京都千代田区神田神保町2−4−7
久月神田ビル7F
(株)イースト・プレス　アズ文庫 編集部

金狼皇帝《きんろうこうてい》の腕《かいな》で、偽花嫁《にせはなよめ》は

2015年1月10日　第1刷発行

著　者：雛宮《ひなみや》さゆら

装　丁：株式会社フラット
DTP：臼田彩穂
編　集：福山八千代・面来朋子
営　業：雨宮吉雄・藤川めぐみ

発行人：福山八千代
発行所：株式会社イースト・プレス
〒101-0051
東京都千代田区神田神保町 2-4-7
久月神田ビル８F
TEL 03-5213-4700　FAX 03-5213-4701

http://www.eastpress.co.jp/

印刷製本　中央精版印刷株式会社

ISBN978-4-7816-1265-2　C0193